U0925162

◎徐军新 著

那双小脚

重庆大学出版社

图书在版编目（CIP）数据

那双小脚 / 徐军新著. -- 重庆：重庆大学出版社，2018.3（2018.11 重印）

ISBN 978-7-5689-0999-0

Ⅰ. ①那… Ⅱ. ①徐… Ⅲ. ①散文集—中国—当代 Ⅳ. ①I267

中国版本图书馆 CIP 数据核字(2018)第 028602 号

那双小脚

徐军新 著

策划编辑：曾显跃 鲁 黎

责任编辑：李桂英 刘玥凤 版式设计：曾显跃 鲁 黎

责任校对：刘志刚 责任印制：张 策

*

重庆大学出版社出版发行

出版人：易树平

社址：重庆市沙坪坝区大学城西路 21 号

邮编：401331

电话：(023) 88617190 88617185(中小学)

传真：(023) 88617186 88617166

网址：http://www.cqup.com.cn

邮箱：fxk@cqup.com.cn (营销中心)

全国新华书店经销

重庆华林天美印务有限公司印刷

*

开本：787mm×1092mm 1/16 印张：11.25 字数：156 千

2018 年 3 月第 1 版 2018 年 11 月第 2 次印刷

ISBN 978-7-5689-0999-0 定价：38.00 元

本书如有印刷、装订等质量问题，本社负责调换

版权所有，请勿擅自翻印和用本书

制作各类出版物及配套用书，违者必究

序

乡音暖暖

——读徐军新散文有感

倪长录

徐军新散文集《那双小脚》即将付梓，颇为他高兴。

文如其人，军新亦然：真诚，朴实，严谨，低调。

我所认识的徐军新有一个很好的治学习惯，就是在平日的教学活动中，能够以琢磨之理来反复求证自己的观点。在日常生活中，好读勤学，笔耕不辍，二十多年来日积月累，终于集章成册，有了这样一本精心筛选的作品集。他志存高远，常与前辈、同事、文朋诗友们切磋、请教，不断发现和纠正自己的不足。这种谦虚、自觉和纠偏的过程，也是成就其读书创作梦想至关重要的修养和品质。

教无定法，学无止境。教与学，读与写，不论教学还是文学，最终都可归为艺术。艺术始于技而归于道，在由技进道的过程中，除了深入而全面地掌握这种技法外，更在于综合修养的积累和提高。军新一直在努力中完善着自我。

首先，说说军新其人。他出生于二十世纪七十年代，陕西凤翔是他的老家，后来到了酒泉。不一样的风土人情和生活体验，与一样的乡村岁月

和美好记忆，让他感悟颇多。离开家乡求学、工作，但是对家乡的思念和对乡俗、乡音、乡情的熟稔，使他把这种情感慢慢地诉诸笔端。二十多年间，他一边教学，一边读书写作，这位汉语言文学专业毕业生并没有满足自己的学识。潜心阅读，使他眼不蒙灰尘；悉心作文，让他胸不沉渣滓。按他自己谦虚的话说，是“性喜自然，好翻杂书，偶有闲语”。

再说说军新的作品。的确，他读书好学，积累了许多篇什。有部分作品曾经我手，见诸报端，所以，我对他的文字还是有些了解的。他的文字，不与媚俗随波，不为甜熟趋时，不以声色娱情，一心忠于自己的信念与价值，沉下心来，抒写家乡的风土人情、自己的童年记忆。比如《二月二，驴上料》《清明前后，点瓜种豆》《人欢马叫饲养处》《桑葚熟了》《想起豆花泡馍》等，大部分文字都是我们那个年代出生的人所熟悉和经历的，读来亲切、温暖、朴实，如暖暖乡音流淌在耳畔。

从“绑个花线过端午”的喜悦，到“饭场”想起“豆花泡馍”的美好；从“嘿吆嘿吆的老油坊”里出来时的开心，到“送病”时的虔诚；从“吃五谷想六谷”的“鸡蛋娃”最喜欢“一烙二擀三拌汤”的滋味，到那个“吃五谷想六谷”的“伤食”贪吃者对“冬至饺子”的向往……乡规俚俗、人情风土、童年经历，样样都被他写得活灵活现，或缠绵乡情，或感怀伤时，或追忆童趣，或慨叹人生。

总之，在军新的文字里穿越，会给人一份温暖、一份关切，也给人一份不舍、一份感悟和思索。

~

（倪长录，男，笔名雪蝉，1965年生于酒泉，1985年开始发表作品。写有大量的乡土诗、爱情诗、“禅体”诗以及对河西边地进行思考的新边塞诗，先后在《诗刊》《青年文学》《星星诗刊》等报刊发表作品七百多篇。作品被选入《新时期甘肃文学作品选》等十几种选本，也有作品获奖。系中国诗歌学会会员、甘肃省作家协会会员。现在酒泉日报社做编辑工作。）

目录

梦回乡关

依稀那人

记忆深处

后记

梦回乡关

西府年俗

~

“西府”是古凤翔府的别称，现在泛指宝鸡及其周边部分地区。西府是秦腔发源地，其方言保留有很多古老的发音，是最接近于周礼之雅言、国语的语言。西府的年画、剪纸、草编、泥塑、社火脸谱等民间艺术相当瑰丽，单是西府过年前后的民俗，就有说头。

~

腊八焖饭

“腊八腊八，冻掉下巴。”“腊八”这一天处在数九寒天，冷才正常。早晨，家家户户都要按照习俗煮上一锅“腊八粥”或“腊八焖饭”。关中不产大米。集体所有制时，旮旮旯旯的地边种一些耐旱的谷子、糜子，打一些小米、黄米，用来熬成稠稠的腊八粥，吃起来油洛洛的。包产到户后，就不见种谷子、糜子的了。一个是种的人家少，麻雀糟蹋得厉害；再一个，谷子、糜子得人用连枷打，费事得很，而且产量没法与玉米比。大米是外地人拉到门口，人们用小麦、玉米换的，金贵，也吃不惯。不管怎么说，掺有红小豆、花蚕豆、黄豆、白豆、花生、红枣、核桃仁的，不论是小米的，还是大米的、玉米糁子的，不稀不稠的腊八焖饭，在三九寒冬，热热乎乎的一碗，“呼呼嘟嘟”地下肚，人舒坦得没法说。小孩爱吃甜的，那就先盛出一碗加一勺白糖；大人再滴油加盐，加萝卜丝、菠菜丝、葱花，花花绿绿的，看着就香，更甭说吃了。

腊八焖饭不光家中大人、娃娃要吃，还要给牲口喂一些，在门上、墙上、树上抹一些，都享用享用，图个吉利；最后还要留一碗，在腊月二十三祭灶时喂给灶王爷，让他老人家“上天言好事”。

“过了‘腊八’，天长一杈把。过了年，天长一椽。”“腊八”后，白天慢慢变长，最寒冷的日子就要过去了，热热闹闹的大节“年”也要来了。“腊八”后年集就算开了。人们因为吃撑了，大概是故意吃“憋”的，糊涂了脑子。不管是哪一种，腊八饭“憋”糊涂了人们。平时俭俭省省、抖抖索索、一个钱掰开当两个花的人也逢集赶集、见啥买啥：添置几件衣服，买一把粉条，割一块肉，揭对联、请神仙，一样也不能少。准备过年!

~

祭灶送神

在民间诸神中，灶神的资格算是很老的，在夏朝就已经是民间尊崇的一位大神。《论语》中就有“与其媚于奥，宁媚于灶”的话。先秦时期，祭灶位列“五祀”之一（五祀为祀灶、门、行、户、中霤五神。“中霤”即土神。另一说为门、井、户、灶、中霤，或说是行、井、户、灶、中霤）。

在西府灶王爷的画像中，灶王爷官名叫“九天东厨司命灶王府君”，最是严肃：头戴紫冠，身着黑红相间的长袍，拱手坐在宫殿中，表情肃穆，旁边有两个小厮伺候，脚下鸡鸣狗吠。在年集上请灶王爷是有讲究的。摊主一般要问买家的大门朝向，比画着，要使贴好的灶王爷像脚下的鸡往内刨、狗往大门外吠；如果反了，寓意来年家里不安稳，会出是非。有讲究的人家专门在厨房建造一个神龛，普通人家贴在锅灶上方的山墙上，钉一个木板做成祭盘，天天顿顿让灶王爷享受人间烟火。

腊月二十三祭灶又叫作“送灶神”，就是送灶神上天。据说每年的腊月二十三，灶王爷都要上天向玉皇大帝禀报这家人的善恶，让玉皇大帝赏罚。一旦哪家被告有恶行，大罪要减寿三百天，小罪要减寿一百天。因此，祭灶是个大事。祭灶主食用灶干粮。灶干粮比锅盔小而薄，菜盘子大小。供给灶王爷的灶干粮一般是十二个，来年有闰月是十三个。

赶天黑，灶干粮烙好就开始祭灶。在灶王爷像前供放干粮、糖果、清水、料豆、秣草，其中后三样是为灶王爷升天的坐骑备的料。从灶龛上轻轻地、完完整整地揭下灶神后，一般人家用“腊八”留下来的那一碗“腊八粥”或者面糊糊象征性地抹在灶王爷的嘴上，使他不能乱说话；富裕些、更讲究的人家，把蜜或融化了的糖涂抹在灶王爷的嘴上，“吃了人家的嘴短”，灶王爷也就不好意思在玉帝那里说主人家的坏话了——灶王爷受到的特殊招待，就像人间自律的伦理道德。接着是跪拜，对着灶王爷祈祷：“灶君（爷）灶君你走好，带上干粮和元宝（焚烧的纸钱），上天言好事，下凡降吉祥。”这是人们在心里期望，灶王爷上天后能在玉皇大帝面前多美言几句，给凡间的人带来幸福，保佑来年家里事事顺心。

最后，把灶王爷像和这些供品一并在灶前地上烧化。只有灶干粮不能全部烧了，象征性地掐几粒给灶王爷享用，绝大多数当然是人吃，但不能吃完，得留下一个，等到除夕夜吃团圆饭时全家人分而食之。敬重神灵，爱惜食器，不糟蹋粮食，这些禁忌是祭灶习俗，也深深地烙进了人们的脑海，成了一种朴素的自然、自觉的行为。

第二天，把这些灰烬就近撒进河里、水井里，让灶神去“言好事”。

关于祭灶还有一种说法。传说灶神上天时要带一种动物帮他在玉帝前陈述民情，于是主人就把与人亲近的猫和狗叫到跟前，试问：“你们一天能吃多少？”猫如实回答，说它一天就吃一饭铲沿沿。狗知道人的心思，回答时夸大言辞，说它一天能吃七马勺八涝池。于是，主人让灶王爷带狗上了天，以便为人间要到更多的粮食。现在，灶王爷脚下也就多了一只狗，而不是猫。这是一个说法，也多少能看出人们穷久了、饿怕了的心理。

七天之后，也就是在除夕夜，还要把“灶神”再请回来，与诸神来人间过年、降吉祥。灶王爷在人间一年只有六七天的假期，还是去“述职”，最是敬业。

~

扫舍蒸馍

祭灶之后，扫舍，赶集，蒸馍，洗涮，事情一件挨着一件，一直要忙活到腊月三十。扫舍就是将屋里屋外彻底清扫一遍。将房子里能抱出去的东西全部搬到院子里，阁楼上屋檐下角角落落打扫一遍，不留任何死角。炕上席下垫的麦草、被褥、床单换的换洗的洗；墙角的老鼠洞炕上的烟缝该补的补该泥的泥。过去屋里屋外的墙是泥的，还要去专门有干净白土的地方挖上几疙瘩，用水和成稀稀的泥糊糊把整个墙抹一遍，叫“抿墙”。抿墙一来能抹掉墙上的灰尘，二来也会使房里房外亮堂，算个大工程。早先是手拿一块烂布蘸着冰凉的泥糊糊；后来用装上杆子的毛刷子蘸上泥刷一刷墙，这不叫“抿墙”叫“刷墙”了；再后来就是新式粉刷的白石灰墙，扫舍时就只扫一扫灰尘，轻松省事多了。

正月十五之前锅灶上不能炕干锅，不能烙馍，再说招待亲戚正规些也是热腾腾的、软软的白面蒸馍，这些得在年前准备好。蒸下的年馍除了待客，一家人要吃到正月十五。待客的白面馍做得都小，只有娃娃们的拳头大，两个可能才一两。年馍还要做一些鸟鸟叶叶、石榴桃子瓜果、十二生肖等花样，尽显女人的手艺才能。人多亲戚多的人家，蒸馍就得一整天。

蒸馍时灶王爷上天言事去了，无神护佑，不待见外人。有经验的主妇一般要关上大门，特别要留意脑后留有“气死毛”的娃娃、没了男人的这等“不吉利”的人，不能让他们进屋，以免冲撞灶王爷。馍上了笼屉，锅沿边、笼屉不严实的地方要用湿布抹严，笼屉上盖上锅盖，压上瓷盆，以防走气。锅盖上放一碗凉水，用切菜刀从锅灶眼里抄一些炉灰横放碗上，刀口朝外。笼屉刚上锅盖严实了，用刀向灶火里撂一把盐，嘣一嘣。大人娃娃此时不能高言大语、乱喊乱叫，不然，招来邪气煞气，馍馍很容易蒸坏。蒸坏的馍不像好馍馍又白又暄，轻一些的一两处轻轻地塌下去，好似有人用一指头按了一下，或者用食指拇指捏了两下；严重些的半个或整个馍都是一个黑青的面疙瘩。坏馍不好看、不好吃、吃不成，浪费了粮食不说，主要是不吉利。

一锅一笼有一两个坏馍正常，这是因为做好的馍受了凉，或者是笼屉上锅了但旺火没赶上；要是多了，按旧理说那就真正是因为灶王爷不在，有人言语冲撞了先人、神仙、恶煞，馍馍被他们先抓取享用过了，黑青的指印就是证据。

除夕请神

腊月三十（小月二十九）是除夕，这天要准备初一的饭菜、请神、上坟、敬神，忙乎一天。

初一不动刀，三十得准备初一早上拉臊子面的料，切好中午吃的菜。臊子面底菜要做够初五前待客的和自家吃的，主菜是胡萝卜、洋芋，要洗、叉、切一大盆，够一个人忙乎大半天。还要煽臊子，煮肉，酿米，馇凉粉，吊肉冻子，压好方便近几天吃的机器面。这是前半天的事，而后半天一件大事是请神。

请神就是贴门神，是除夕的一件大事。大门门扇上左秦琼右敬德，门框上是大红对联，门楣窗檐上是用五色纸剪或刻的大大小小的“福禄寿”“招财进宝”。大门外树上是“出门见喜”“抬头见喜”，院墙上是“满院春光”，牛棚里、猪圈上是“槽头兴旺”“六畜兴旺”，灶房里是“五味生香”，床前是“身体安康”，柜子上是“招财进宝”“黄金万两”（四个字，字套字、笔画套笔画书写成一个字，能显出写字人的书法功底，也有文化韵味），粮仓麦包上是“年年有余”“谷粮满仓”，等等。贴神最费时，有神、有对联、有五色纸旗，一般人家都有土地爷、灶王爷、天王爷。土地爷在门外，一白胡子老仙和和气气笑眯眯的，对联是：“门外一老仙，出门保平安；土中生白玉，地内产黄金。”灶王爷有灶龛，正襟危坐的灶王爷像有护脸纸、五色旗遮着，以免油烟熏燎，对联是：“上天言好事，下凡（宫、界）降吉祥。”院里山墙天井里供的是白脸天王爷，对联是：“太平原有象，造物本无私。”另外，还有井王爷，对联是：“清泉养万家，福水供百口；善泉供百口，福水养千家。”看管粮食祭灶的是仓神爷，对联是：“年年取不尽，月月用有余。”福禄寿合在一起是财神爷，对联是：“夕为唐宰相，今乃福禄神。”槽头弼马温是马王爷、牛王爷，对联是：“保六畜兴旺，佑四季平安”。

如果家里三年内有人过世了，门窗上就不能贴这些红红绿绿的对联彩旗。第一年什么都不贴，第二年、第三年大门可以贴白纸黑字、紫纸黑字的对联，别人一看就知道这是守孝人家。

贴完神，屋里屋外打扫干净，一挂鞭炮，就是过年了。至初二早晨，房里不能动笤帚扫把，不能打碎碗碟，不能往外泼水倒垃圾，任何东西只能拿进不能拿出，给别人借东西就更不行了……风俗讲究上说，动了扫把会把福气财气扫出家门，炕上锅灶上打扫了会招来蚂蚁和其他虫子，向外拿出东西、借给别人东西等于把财散出去了，打碎东西会破财。既然有这个讲究，谁家还愿意破财散福找不自在呢？传统提醒人，哪怕是过年也不要太露富、太张狂，要内敛些。

请了神，男人们要到祖坟给祖先烧纸。还有善男信女去村上庙里上香祈求平安财运，更有信男讲究“上头香”，就是抢着在零点交子时那一刻，第一个把香插在庙里的香炉里，求得来年事事第一的彩头。

除夕中午一般是肉汤泡馍，油汪汪的肉汤里加上粉条、豆腐、红白萝卜、绿菠菜叶，少不了蒜苗、葱花。一年难得吃上两顿肉，这顿是顶饱吃。平日里冬天是两顿饭，但除夕夜的团圆饭少不了。简单些的，拌个凉粉凉肉、豆芽粉条，分着吃完祭灶剩下的那个代表团圆的灶干粮，坐坐聊聊就散了。有些门子（家族）讲究，提前说好了，每家拾掇一两个菜，和人一起，集中到辈分及威望最高、年龄最长的人家，要聚一聚。人们拉拉闲话，好喝两口酒的来两盅，喜好打牌的掀个牛九来个十点半，输输赢赢也就是块儿八毛。一年叔伯弟兄们聚在一起的机会不多，这样玩耍半夜，也顺了熬夜、守夜的讲究：谁睡得迟，来年谁就没瞌睡，精神一年；谁能熬得住，来年谁不得红眼病。

～

初一臊子面

正月初一早上，天还黑黑的，大人们就先起床，稍作洗漱，赶紧进厨房做臊子面。娃娃们惦记着新衣服、压衣兜的年岁钱，也不忘大人的教训“初一早起得早，一年四季身体好”，所以，都不会起得迟。早早地跟着老人烧香点烛、祭神放炮。每个神像龛前三根香、一根红蜡烛，孩子们哈着双手，瑟瑟地插好香，滴几滴燃着的蜡油立好蜡烛，放了鞭炮，臊子面也就好了。

初一早上的臊子面，或者说整个正月的臊子面都很简单。前面大锅开水烧着，后锅的温水擦洗完案板、锅灶，前锅的水就开了，舀两马勺够一家人喝的到后锅，调臊子汤。调汤的料全都是现成的，半勺臊子，一勺辣子，两勺底菜，一把盐，一股子醋，一把蒜苗、葱花，臊子汤就好了，在锅里烫烫地滚着。一把前一天压好、切好的面漂到前锅，刚开，点一勺凉水，捞出一筷头到碗里，浇上后锅的臊子汤，就是正宗的一碗臊子面。面薄、筋、光，汤煎、稀、汪，吃到口里酸、辣、香，百吃不厌。

正月里吃臊子面先要泼洒祭神，遵循天、神为大的传统。每顿饭第一口汤要奠给灶王爷，第一碗面要端到土地爷、天神爷、仓神爷、井王爷、马王爷等家里所有的神像前点几滴，嘴里要念：“他老人家，你先吃！”奠饭念叨时，年龄大的婆婆婶婶脸上还算严肃，保留着对神灵的一丝敬畏，要是被大人硬派着泼洒饭汤祭神的娃娃们，则满脸是害羞与不自在，心里纳闷：“这一张纸怎么也要吃头一碗饭呢？”一圈泼洒下来，这第一碗面也酥了，加些热汤，往往端给牙口不好、喜欢吃酥软饭食的老人：“他老人家，你先吃！”

吃过臊子面，孩子和大人都穿戴整齐新衣服、新鞋、新袜子、新帽子，出门串门，敲锣打鼓，欢欢喜喜、闲闲散散过年！

~

初五“打五穷”

初五早晨送神。几挂鞭炮接在一起，从后院放到大门外，还要在室内、井里放，震动一下，又叫“打五穷”。“五穷”也叫“五鬼”，指“智穷、学穷、文穷、命穷、交穷”五种穷鬼，曾见于韩愈的《送穷文》：“凡此五鬼，为吾五患，饥我寒我，兴讹造讪……蝇营狗苟，驱去复还……”屋里院里从里到外清扫一遍，没多少垃圾，柴柴棍棍瓜子皮皮还是有，一起扫到大门外，点一堆小火烧掉，意思是把“五穷”都赶跑烧绝。

初五又叫“破五”。为了让“破五”不破，再说连着四五天顿顿臊子面也吃腻了，初五早饭便是一顿玉米面搅团，要的就是这个“黏”。初五这天一般也不出门，不走亲戚。

~

十二鼠娶亲

鼠，生命力极强，与人类生活处处相伴。典籍《周易》八卦说“艮为鼠”，《诗经》有“硕鼠”，《庄子》里有“偃鼠饮河”，《荀子》里有“鼫鼠五技而穷”，《墨子》里有“鼸鼠藏而羝羊视”，《左传》有“抑君如鼠”，《史记》里李斯“从荀卿学帝王之术”是从“鼠现象”受到启发的，《水浒传》一百单八将有个“白日鼠”白胜，《七侠五义》中的大五义皆以“鼠”为外号，《酒泉宝卷》里有“小老鼠告状”卷，《圣经》有“五个金老鼠”，民间“十二生肖”以鼠为首，还有个惹人心疼惹人怜的米老鼠……大画家齐白石老人也画有《丰年多鼠图》，画中题言：“老鼠愿人富，为己心非良。蜡烛有好心，常照吉人寿命长。”意思是，丰收的年景并不只有人来享受，如果家里连老鼠都不愿意光顾了，那一定是人贫穷到极点了。还有人说老鼠前爪四足、后爪五足有单有双，所处的子时在前夜十一时至次日凌晨一时，一辰跨两天，是个阴阳体。总之，人们眼里少不了鼠，人对鼠的感情有敬有畏，也有怜有恨，说不清道不明。

民间老鼠是“仓神”。腊月三十要在麦包、粮仓上边贴仓神敬仓神。

正月十二是老鼠娶媳妇的日子，也有人说这一天是老鼠的生日，早晨有“藏剪刀”的讲究。前一晚就把平时用的剪刀用红绳或红绸捆包起来，藏到抽屉里、褥子底下，十二这天大人孩子都不能用。寓意是，只要十二一天听不到剪刀的“咔嚓”声，家里一年就听不到老鼠嗑东西的“咔嚓咔嚓”声。美好的心愿是对“仓神”的敬畏。

十二晚上要“摇老鼠”。天黑点灯了，人们在女人用的镜匣或者量粮食的升子里装几个核桃，大人带着孩子，擎着灯，拿着木棍，到楼上粮仓、放粮食的房子里，还有坑洞里、老鼠洞里、砖缝里、木柜底下、牲畜棚、柴房、茅房……边走边摇边敲打，惊动着，嘴里念叨着：“敲敲敲、摇摇摇，十窝老鼠九窝空。喊哩哩、哗啦啦，老鼠下了一窝瞎（坏的意思）娃娃。十个出来九个瞎，留下一个猫儿抓。”“硕鼠硕鼠，无食我黍”，是千年的期盼。

正月十三是老鼠娶了媳妇的“上头”的日子，一样忌用剪刀。

纳礼送灯笼

初一不出门。初二开始，初五之前，晚辈给长辈、小的给大的先拜年，叫“纳礼”。纳的礼得是双份。过去没副食品，带的就是自己家里蒸的拳头大小又圆又白的麦面馍馍，至少六个，多的可以八个十个十二个，都是双数，算一份礼。一斤手工挂面，两把包在一起也算一份礼。后来面食做的指头节大小、油炸后蘸上糖或芝麻的小果豆豆一斤一包，八个点心一包，橘子、苹果等水果罐头一瓶，一样算一份礼。再后来就是烟酒，各种成品包装的礼品，四份八份由人，但都是双数。主家也不能让“纳礼”的人空回，带的是六个馍会给你一个，六个以上给你回两个。带的礼品总不能拆开，于是主家就备有专门蒸的比鸡蛋大不了多少的“回盘”馍馍，不管你带来多少礼，都回六个。不回不行，如果忘了，让“纳礼”的人空手空袋子回去就算失礼，人家会有想法：“是不是娘家嫂子嫌我带的礼薄了，还是舅爷爷嫌亲戚太老暗示以后就不用走动了？”由此姑嫂生隙，老亲不再，常听常有。

初二舅家，初三大姨家，“纳礼”一家挨着一家，谁家也不能少。要是亲戚太多、太老，像舅爷爷姑奶奶的以后不想走动了，就不去“纳礼”，都会明白其中的意思。“纳礼”的人吃两顿，一进门就吃臊子面，叫“喝汤”；中午饭才炒菜蒸馍，是正餐。有一句俗语，人见人起得早，讲一句：“你起（来）得这么早，是赶着‘喝汤’去么？”

初五后，长辈给晚辈、大的给小的回礼叫“送灯笼”。初五开集了，集上、村口十字路上就有人卖用纸糊的各种灯笼：竹篾骨架，外面糊上染了色的红花纸。“红火罐”就像过去暖手的火罐一样，上口大下口小，用折成麦秆细的正反棱子大红纸糊制，通体大红，样式简单而不失大方，看着心里亮堂。“花八棱”是规规正正的八棱形状，上下一样大，收成圆口，每一棱上糊着不同的花色纸，老旧、规整，老亲戚走动时用得多。公鸡、金鱼、西瓜形状的灯笼是硬纸板做的头尾，通体用红纸一正一反折成，可以合成扁平的一张纸板样，挑的时候直接拉开，把两端上面带的铁丝小钩子一扣，就成个球形，娃娃小、合着属相的人家送得多。兔子灯笼用印花白纸糊成兔子形状，放在巴掌大的一块木板上，木板下面是用木棍截的四个核桃大的轮子，可以放在地上拉着走。做兔子灯笼费工，自然贵些，但它暗示着送到的人家娃娃小、走不稳，挑不成灯笼，只能磕磕绊绊地拉着。莲花灯笼上沿插着金色、紫色、粉红纸做的耳朵大小的莲花花瓣，六瓣八瓣，大红的裙腰，下摆是绿纸剪成一尺长一指宽一圆圈的飘带，大红大绿，明眼人一看就知道要送的人家年前有姑娘结了婚，还没有娃娃。这是娘家送的莲灯，送连（莲）送子、连连（莲莲）生子的意思明明白白。莲灯与送子菩萨有关。

“打灯笼，找舅舅，舅舅躲在门后头。”一个扫帚竹棍挑个灯笼绑两支蜡烛，是外爷、老舅“灯笼客”送给外孙、外甥的最好礼品。舅舅家给外甥送灯笼是必需的，一般在孩子年龄稍大，十几岁以后，才不会再送灯笼，但是回一份礼的习俗不变。灯笼在舅舅家与外甥家之间扮演着重要的角色。孩子们常常为谁舅舅家送的灯笼好看而争个耳红脖子粗，舅舅大姨多，收到的灯笼当然多。天黑了挑灯笼赛灯笼，蜡烛栽不牢靠倒了，烧着一个灯笼，可以回家再换一个；灯笼少的就要小心多了。家里晾衣服毛巾的铁丝上，挂一排排各式各样的灯笼，孩子们睡觉前数一数比一比，睡得安稳踏实。

~

十五晚跳火

十五晚放烟火。农村人家，天刚擦黑，家家都在门前叉着立起几捆玉米秆，下面放几抱麦草。天刚黑下来，月亮还未升起，家家敬神、放炮、点火。火着起来，扔一把盐，泼几勺油，"噼里啪啦"，火焰冒得老高。火稍微小下来，人们便开始"跳火"，让火"燎百病"。老话说，跳过火堆的人一年不染病。对跳火最热心的当数年轻人、孩子们。火焰还有一人多高，他们从远远的地方起跑，到火堆跟前猛然起步，如同狮子钻火圈一般从熊熊大火中间穿过去。有些胆小的孩子跑到火堆跟前时心里稍微一怯，怵了就跳不过去，只得重来。三番五次地跳，跳熄自己家的火堆，还要撵着跳别人家的火堆。有的燎掉眉毛，有的燎了头发，更有甚者两个人从两个方向对着跳，躲不及跌倒在火堆里，嘻嘻哈哈也就过去了。因为火是麦草玉米秆的软火，温度不高，不会有多大问题。最多就是人布衫上灰土沾得多了，料子衣服上的洞又大了，头碰了疙瘩，烧着了头发。兴奋地叫喊，勇敢地冲刺，孩子们把跳火当成了考验胆量、锻炼勇气的机会。

孩子们跳完，火更小了，便挨着大人了。大人只是象征性地在火上跨过，尚不能奔跑的幼儿也要抱着在火上方燎燎，有病的成年人尚躺在炕上的、七老八十走不动的也要挣弹着出来，火上跳不过去走过去，走不过去在火边跷跷腿也行，就是个意思，燎燎晦气。有些妇女还抱出被褥、皮袄、布衫在火上一扬，燎一燎。她们一边燎衣物，一边拍打抖掉虱子虮子抖掉尘土，嘴里还念叨"燎、燎、燎，燎百病，燎干净，燎得四季不害病"。有些调皮的小孩故意往火堆里扔小鞭炮，"啪啪"听响动。火星四溅，大人也不嗔怪，用铁锨把火堆挑一挑扬一扬，和着燃放的烟花，只把天空染得更加绚丽。

∾

十六游百病

正月十六有“游百病”“走百病”“洗百病”的习俗，这是一种消灾祈健康的活动。单说“洗百病”，一个正月，东家走、西家串，吃了肉片拉了臊子面，胸前早就光得能当镜子照了。趁着这个习俗，里里外外脱下来洗洗，从上到下洗头洗脚洗全身，一下少去两三斤，人会轻松不少。有一些卧床不起的老人，儿女也会为他们尽心擦洗，期盼洗去父母身上的病魔。这是朴素卫生观与传统孝道观念融合的一个习俗。

“正月十六游百病，游了百病少生病。”平时见不上半点荤腥，正月这几天不论是自己家还是亲戚家都少不了肉片，胃里攒下了不少食火，游一游能帮助消化。“游”就是要用两条腿走，步行，这样才能“游掉”百病。这一天，即便是那些平时不太爱游逛、喜好清静的老人，只要能走动的就不会待在家里，穿暖和，拄上拐杖，到庙会上、到集镇上、到田地里转转走走，不急不躁游一游。人经过十六这一游，把病全部遗在了路上，遗在野外，百病全消；没病没灾的会好上加好，更加健康。

村上老庙是“游百病”的人的聚集地，老奶奶们、善男信女们更是每游必到。彩旗飘飘，香烟渺渺，烧香的、拜佛的、求神的、还愿的，摩肩接踵，最热闹。烧完香，磕完头，还了愿，老奶奶们坐在庙里的蒲草里、门外的板凳上东家长西家短大儿孝小媳妇瞎（坏）地乱谝几句，解了前一年的心慌。老头们蹴在墙根下，晒着日头，眯缝着眼抽一锅旱烟，鼻梁上架着圆圆的石头墨镜，眉目上满是陶醉自足。

过了正月十六，年就算彻底过完了，上学的、下地的、打工搞副业的，大人娃娃该干啥就要干啥。懒婆娘却愁了起来，你听，有人唱：“懒婆娘，你不哭，过了正月二十三，还有个二月二，还有个三月三，到时你还能歇一天。”

驴上料的二月二

∾

农历二月二是个传统的节日。西府老家的讲究多、规矩大，其中，二月二吃豆子少不了。

离二月二还有三五天，就有小娃娃在路上喊："二月二，驴上料。三月三，驴揭鞍。""二月二，龙抬头，家家户户炒黄豆。""老鸹老鸹一溜溜，我给你娃炒豆豆。你一碗，我一碗，把你憋死我不管。"关中西府人说话后音重，每句结尾的字用去声多，娃娃们对着互相喊叫，"驴""你娃""憋死"之类的字眼咬得更重。你一句，我一句，你的声大，我比你跳得高。有没有骂人的意思在里面暂且不说，但免不了由此常常像斗鸡一样弄得面似关公，怒目圆睁，面相面，头挤头，以至于推推搡搡。过了一阵，又会"拉钩上吊，一百年不许变"。

和着娃娃们的喊叫，巷街里就传来了打玉米花的"嘭、嘭、嘭"的爆响，这爆响声娃娃们爱听，反过来更刺激了他们的喊叫声。一个炮弹一样的铸铁爆花机，一个炭火炉子，一个背篓，一只手拉小风箱，爆花人小小的生意便开张了。这生意，一年就一次，十来天，爆一锅一毛两毛挣不了多少钱，图的是个热闹。爆的花中玉米花最多，因为玉米家家有；个别人家还爆豌豆、黄豆。爆出来吃起来酥脆，不像炒的崩牙。渭北高原不产大米，爆米的也少，但大米爆出来膨松，吃起来适口。好甜食的放几粒糖精，爆出来的花甜，娃娃爱吃，但大人们不让多放，嫌吃多了对长身体不好，再说放糖精的吃了嘴里发苦，没有单纯不放什么的有后味。爆花机一响，家家都要爆，娃娃少的爆个一锅两锅；娃娃多的，今天爆了说不定当天就吃光了明天还要爆；家里没有黄豆、大米的，缠着大人偷着换着也要爆一锅。离二月二越来越近时，爆花就要排队了，洋瓷碗挨着搪瓷钵钵，玉米隔着大米、黄豆，人多时也许会排到十多名去。大人怕耽搁时间，孩子最乐意边等边看："吧嗒吧嗒"拉几下风箱，捂着耳朵等着爆花机对着背篓"嘭"的一声，热气还没散，冲上前去偷抓一两把别人家的米花、黄豆，互相比的是胆量，看的是狡黠的笑脸。胆小人碎的往往只能捡拾人家从背篓往自家簸箕里倒时撒在外面的；碰上亲近些的大人，赏你一把算是幸运，感恩戴德至极。等着自家的，听着间或"嘭"的一声，简直又是过年！

那一年，我还没上学，也挤在捡拾别人遗撒在地上爆米花的行列里。"嘭"的一声过后，有什么打在了脖子上，我原以为是粒蹦出来的爆米花，手一摸，发现手上竟然带血。母亲匆匆赶来，背起我去大队医疗站包扎敷药。她一路数落，一路安慰，"石头蛋"一样的我累得身高不足一米五的母亲一路歇了三四次。她"吭哧吭哧"的呼气声让趴在背上的我听得格外清楚，三十多年来一直在我耳边响着。伤无大碍，但脖子上围着遮掩伤口的母亲的花围巾，让我成了伙伴们的笑料。

二月二早晨做饭时，各家各户还要在锅里爆炒一些玉米、黄豆、麦子之类的，"噼噼啪啪"一下。大人说，要的就是这响声，谁家的响声大，谁家来年的日子就红火。后来也知道了这里面还有玉帝龙王"金豆开花"的传说。除了爆花，一般家里还要用面食炒一些"琪豆"：面里加一些鸡蛋、芝麻、花生、茴香等佐料，切成指头蛋大小的疙瘩，在锅里炕得焦黄焦黄，就是琪豆。在那个连方便面、泡泡糖都没见过的年月，琪豆就是大人娃娃最好的零食。

二月二，要吃好吃的、齐全的各式豆子，还得去那些前一年刚娶了新媳妇的家里。按风俗规矩，新媳妇的娘家要在结婚第一个二月二前给女儿“送豆子”。这些豆子就不是简简单单的爆米花了，当地能搜罗到的五谷杂粮，能爆能炒的都得有，要啥有啥。单是琪豆，就得女方家张罗一炕妇女做一天。琪豆有十二生肖五禽六兽，虫虫鸟鸟瓜果花卉，大大小小，样式纷繁，不仅要爆、炒、炕，还要蒸、炸、煮、煎。红的是花，绿的是叶，还要上色，竭尽全能地体现女方家人的心灵手巧、富裕兴旺。两大竹笼子“豆子”送到婆家，能干、体面。婆家再将这些馈赠亲戚朋友三邻五舍，大方，红火。娃娃们去讨要，人家也乐意给，图的是个人气旺。婆家周围一片“嗑嗑啪啪”的豆子声、赞叹声，响亮，喜气，也暗暗期望着早生贵子、添丁添福。

二月二前后那几天，学生娃在路上、学校都吃着、比着各式各样的爆米花和豆子。要是刚好谁家有人出嫁、有人娶媳妇，那人就成了红人。今天早晨给你一把豆子，明天下午给他一把爆花，别人赞一声，骄傲自豪的神态溢于言表，好像娶了媳妇的是自己。别人只怪自家没人娶媳妇，只羡人家的豆子品种全、花式多、天天有。上课时，清脆的崩豆声，“嗞嗞叭叭”的咀嚼声在教室里东一下西一下。运气好没有被讲台上的老师发现，便伸出舌头做个鬼脸以示庆祝；被发现了问题也不大，大不了被瞪一眼骂几句。消停不了三五分钟，教室里还会原样。一年一次难得的零食美食节，大人的嘴都闲不住，牛槽里都得撒几把豆子，更甭说娃娃了！

每年有个二月二，二月二总是让人想起一些什么，是爆米花、炒豆子，也许还有那“嘭嘭”声、无所顾忌的稚嫩的喊叫声。“二月二，驴上料；三月三，驴揭鞍。”“老鸹老鸹一溜溜，我给你娃炒豆豆。你一碗，我一碗，把你憋死我不管。”

春分会，会春风

天地雷财，菩萨王母，后稷仓颉，周公诸葛，关公文曲……人要战天斗地，要风调雨顺，要福禄寿喜，就要向神祈求。于是盖房塑像，供奉大大小小各类神仙，信徒顶礼膜拜，就有了庙会。西府地区有城隍爷会、药王会、圣母会、炎母会、娘娘会、老爷会、太白爷会、官老爷会等，庙会最多。另外，有逢年的会，逢节气的会，为了农业生产农具物资交流赶在麦收前的麦王会，以放炮而命名的“炮会”，等等。还有一种，就是村庄上没什么叫得出名的神仙，但为了方便亲戚朋友聚会，就立个“会”，周围三村五舍都知道。这样的“会”是一种习俗，一年四季都有。

“会”和“集”还不一样。“集”是每隔一定日期（如逢单日逢双日逢三、六、九，逢五、十）一般在乡镇所在地固定地点举行的。而每个村子不论大小，几乎都有一两个“会”，好像是生日。“会”的日子是固定的，村里年年都要“过会”。“会”的当天叫“正会”，正会当天要招待亲戚。正会前三天开演唱戏，不论是早先三五个人的牛皮灯影、木偶戏，还是后来的真人大戏，一般前后要热闹三五天。

“会”在一年里有两个时间段最集中：一个是正月，人闲，都要会亲访友，有纳礼的，有送灯笼的，十五前“会”最集中。一个是农历的六七月。这个时候麦子收完、晒干、上楼了，秋苗也安（种）上、苗定、肥上了，人就闲下来了，再加之天热，热得死牛，于是就走亲访友，拉拉家常。到了亲戚朋友家里以后，相互问问今年夏粮收成咋样，一亩地能打多少斤啦，秋物庄稼长得如何啊，等等，分享一下丰收的快乐。夏秋的这种“会”不像“过年”“中秋”“重阳”等节日，有着尊长、上下辈分间走动的区别，而是谁家有会赶谁家，是平等的。那些平素间不走动的远亲，在会上唱大戏的戏台下碰见了，也可以来主人家里转转，一碗臊子面就把疏远的关系拉近了许多，说不定顺便还能说个媳妇、看个女婿啥的。所以，这个古会叫“忙毕（罢）会”“女婿会”。有能人给这种古会编了顺口溜，形象有意思：“看光景即速到场，为买些东东西西，设立三天大会；这热闹不纯是戏，还借它吹吹打打，惊醒二月闲人。”

春分会

春分会是我们镇上的大会，也是周围十里八乡乃至全县数得上的大会，因“春分”这个节气而命名，正会当然在节气“春分”这天。咬不清分和风，也分不清乡和镇，春分会上要唱的就是真人大戏，不像一般乡村会只耍木偶搁猴、灯影干哑。懵懵懂懂听大人说镇比村大，有没有钱，这才是根子上的。春分节气前后往往多雨水，“会”的时间扯得长，十天半月是常事。由于下雨，常常中午唱了下午下雨又歇了，唱一天歇两天，预交了十本八本的戏，持续十天半月，临了剧团因为赶别的地方的正会要走，该唱的戏没唱完，剧团和镇上打当当的事也有过。只不过听说都是公家人、公家事，没多大计较，大不了明年天气好了再多唱几本戏，不是啥大事。

“跟了春风，一年轻省”，头顶淋着毛毛雨，脚下踩着烂泥，大伙都去赶春分。“春分”那天，几乎全镇中小学生会放半天假。早上去了学校，不上早操早读，连上三节课就放假赶会，人人喜笑颜开：少上半天课不说，说不准大人还会多赏三五毛香香嘴呢。跟上大人，或者大的带小的，都赶春分会。路边田地里大片的冬麦已起身拔节，半腿高了，个个顶着往上蹿，麦节显眼，片片葱绿；油菜有一腿高，人进地里蹲下会埋了身，一个一个开始分支，个个头上顶着半开的花蕾，饱满地孕育着。地头旮旯的菜地里，蒜苗已经怀上蒜薹，结下蒜头。这时的蒜苗一菜三味，有本身的蒜苗鲜味，也有蒜薹的脆口、蒜头的辣劲。菠菜也不再是平铺赖在地里的样子，早已拔节长穗，没有冬季经了霜的甘甜、招人爱。学生娃一路上打打闹闹，你推我搡，搞不好滚进了路边的麦地，压断了几支苗又害人少收了几把粮食，弄得身上一片绿一片泥，还像驴一样连撕带咬左翻右翻打几个驴滚，图的是个舒坦。

到了会场，大戏看不懂，会上各色的吃货最是吸引眼球。油洛洛黄葱葱嘎嘣脆的麻花，咬一口，里外都是油；酸辣筋道的面皮，酸得倒牙，辣得“嘻吼嘻吼”鼻涕眼泪一把，心里却想再来一碟，更别说配上劲嘟嘟的葱花猪血。要是实在辣得不行，那就来一截甜得掉牙的甘蔗；最好是煽一碗鸡蛋醪糟，甜甜糯糯，还热乎暖人；要不，来一碗煎豆花也行。豆花甜香，几粒黄豆榨菜粒咸香、有咂摸……这实际都只是心里想得美，每次赶会都不会让你尽心满意的。反正怎么算，大人给的赶会的钱往往都不够花，吃一碗酿皮，喝一碗豆花，就没有剩钱了。只能在卖麻花、甘蔗的摊子前，干眼巴巴地悄悄咽口水。

也有不在乎吃喝、不在嘴上“挖抓”的人，他们钟情于另一种精神享受，就是看一场大棚歌舞或者马戏。歌舞马戏热闹，但就是要门票，不容易看上。歌舞大棚里，有走钢丝、变活人、舞圈耍棒、侏儒唱歌，有画得花里胡哨看不清年龄美丑的女人，露着肚脐眼跳舞，花样繁多。挤挤围栏缝缝，运气好围栏绑得不结实，就能溜进去瞄几眼节目；运气不好的，刚趴在围栏边，还没看清里面人的屁股或者脸，自己的屁股脊背先挨了清场人的吊死脚和扫帚棍，只好在骂声中赶紧逃窜自认倒霉。

歌舞大棚和马戏团的人也会良心大发，在快结束、剩一两个节目的时候放下围栏彩布，让外面转悠的人跑进去瞄两眼，过过瘾。人家这是勾引你，为的是给自己的歌舞做广告、拉人气。马戏团节目少，也便宜些。吃的喝的往往一时半会儿就过去了，爱表演好说叨的娃娃，常常会从嘴边省下买吃喝的三五毛钱看一场狼钻火圈、狗算算术、鹦鹉学舌、人骑老虎、狗熊山羊走钢丝啥的。第二天的上学放学路上，课前课间，他们往往就成了红人，给没看的人添油加醋地描述人家的狗有多聪明，人有多大胆，也算风光一回。

有一年春分会上，来了几个耍摩托杂技的年轻人。三间房大、一房后背高的钢笼里，几个人以那么快的速度骑着摩托，还互相碰不上。他们由慢到快，一圈圈绕着绕着，就上到笼顶沿了，还不掉下来，十分惊险刺激。看的人捏拳咬牙闲鼓劲，惊呼喊叫声穿过围挡上的彩条布，高高地飘在天空。

胖娃父亲是工人，家里条件好，从他嘴边一会儿变红一会儿变白老是不干不净就知道，他把会上的醪皮、豆花、蜂蜜粽子、水沙包子、麻花等各个小吃吃了个遍。吃的喝的往往一会儿就过去了，爱表演好说叨的常常省下大人给的吃食钱去看马戏，瘦猴就是这类人。他面狭脸干人柴，真正就是猴子托生，上课老师提问一问三不知，但跟完“会”第二天上学放学路上、课前课间的红人往往就是他。他把黑狗说成灰狼，把山羊当作绵羊，但没看的人多，大多不知道实情，由他嘴角唾沫星子乱溅乱谝胡说耍风光。好耍嘴皮的学习不踏实但心眼活，经济大潮里他们最先飞黄腾达，像瘦猴，后来摇身变成市里坐轿车开公司的侯总了。

会场上热闹，戏台上当然不消停。“骑着马坐着轿仍是步行；拿着刀执着枪只杀不死”，台下两面各一个大喇叭，钻耳的是台上影影绰绰的支支吾吾。看懂戏需要年月来熬，戏台下、烂泥坑里，热衷看戏的多是老汉们。他们头顶草帽，脸挂茶色石头镜，家在近处的拎个板凳，家远些的，随便在房角掂块瓦、拾半截砖头垫在屁股下，也能看半天戏。人得看心思在什么地方，心思在舞台上、千百年前，哪怕下面垫的是钉耙，他也会感觉是棉花包。年轻人心思不在台上，大多也看不懂戏，在场上到处乱转悠，眼珠滴溜溜乱瞄的，往往是台子下花花绿绿的姑娘们。

“夜半饭牛呼妇起，明朝种树是春分”，“春分”前后天气刚转暖，是植树的好时节。会上有专门卖各种树苗的地方。门前要栽的泡桐、钻天杨，院里要盘的葡萄，门外要栽的石榴树，在会上都能找见。另外，会上还有专门的地方交易骡马牲口，卖椽卖檩卖苇子，卖布卖鞋卖衣服……春分会，实际是农村的物资交流大会。

“雨霁风光，春分天气，千花百卉争明媚。”春分会，会春风，二月里来是春风！

~

城隍爷庙会

“国之大事，在祀与戎。”庙会是祭祀神灵、安顿人灵魂的会。

有城就有城隍爷，也就有城隍爷庙会。我们凤翔县城隍爷庙会在三月二十五。二十世纪八十年代初，念佛的外婆决定去县城城隍爷庙替有病的母亲祈求许愿。外婆还鼓动上小学四年级的我，熬了好几个晚上，用黄白纸折了几百个金银元宝锞锞，印了两刀一千张“引路西方”专门敬神的往生纸。三寸金莲小脚外婆和我，当时是坐班车还是走着去三十里外的县城都模糊得记不清了，只记得两件事：

一是城隍爷庙外的残疾人特别多。他们有缺手缺脚缺胳膊的，有没有双腿的半截人，有盲人，有火烧得看不出人样的，有老的有少的，各种各样的残疾人聚路两边排成很长很长两行。有人路过，他们就哭丧着喊叫：“求求爷，求求婆，求姑奶奶行行好。”这些人绝大多数在路两边或坐或跪，只有一些小孩稍微缠绕着要钱要吃的。赶会多、有经验的外婆早早就换了几把一分两分的零钱。我们婆孙快快地走，快快地散钱，后来连我们自己中午要吃的几个馍馍也全部掰碎散给他们了，才走到路那头的城隍庙门口。

二是城隍庙烧纸的火旺而燎人。城隍庙侧面专门有个地方是供人烧纸许愿还愿的。母亲是我的母亲，我再小也要亲手烧纸，替母亲祈求、许愿，这才会灵验。也许是我人小皮嫩，也许是我不会烧纸，纸钱的火焰总燎得人脸辣疼辣疼的，头发眉毛被火燎着了几次，跪不住站起来，又被外婆喝呼着嫌我心不诚。心不诚纸就白烧了，母亲的病就永远好不了。我想起烈火中的邱少云，也就忍了。我们带的纸钱元宝实在太多了，烧了半天又半天，等着全部烧完了，我的脸已似着了火！

县食品店门口在卖自己加工的面包，批发价八分钱一个，黄葱葱又酥又甜又暄。我们烧了纸钱许了愿，吃了面包才往回走。天刚黑，人们还在收拾院门，我们就到家了。从小到大，不论是给母亲许愿烧纸还是赶会，城隍爷庙会我就赶了这一个。

~

炮会

“炮会”是彪角村的炮会。镇叫“彪角镇”，彪角镇所在地那个村叫“彪角村”。从记事起，年年正月十一晚上，彪角村都会放炮，放炮地点就在镇上赶集的广场上。一个队一小块地方一根杆子，每挂炮都得用架子车拉来，满满一架子车摆在那儿准备着。炮全部是指头粗的大炮，不是常见的鞭炮，隔一两米左右还夹一两个娃娃胳膊粗的大炮，最后三五个是大人胳膊粗的更大的炮，炸了就会有相当于雷管的响动。炮太重，火捻子连着已经不能将炮挂起来，自不负举，得把炮绕在指头粗的拴牛犁地的尺绳子上，再挂上电线杆子或者房梁做的“炮杆”。记不清是把炮绑在炮杆上然后再立起杆子，还是立起杆子再想办法上炮了，反正赶天黑，十一个生产队就是十一杆炮，就都挂上杆了。天黑透了，男男女女都从四邻八乡聚集过来，广场上人山人海。大喇叭里一阵啰唆之后就开炮了。一队完了是二队，二队完了是三队……一家放完另外一家放。二队的比一队的响，三队比四队的紧。广场上满是火药味，炮声震耳欲聋，十里外都能听得见。持续一个多小时的炮声，使得看炮的人双手捂耳朵捂得胳膊发酸，也有懂些科学的人大张开嘴保持口腔里外空气平衡，说是能防止震坏耳膜，但他忘了嘴里会吸进多少麻辣腥土的火药，会多吃进多少炮屑。

正月十一，彪角的“炮会”震响了东半个县城，凤宝岐三县有名。

∾

杈把会

邻乡横水乡的杈把会在四月十八。俗话有：“四月十八走横水，杈把扫帚牛笼嘴。”再有十几天就是夏收大忙，所以，这个会又叫“杈把会”“麦忙会”。会上卖农具的最多最齐全，棍镰耙锄、铁锹镐头、木锨木杈、连枷扫帚、草帽簸箕、笸箩背篓、木斗升子、牛笼嘴羊铁绳……平常人家常用的家伙、夏收时节要用的农具，应有尽有。都是庄稼人自己农闲时做的，价钱公道。再说，家家都有几亩地，各式各样的农具都得置办，大忙天的不能让家具打了人手。借别人家的家具背个小气的名声事小，麦淋了雨、地跑了墒，误了收成才是大事。

清明前后，点瓜种豆

~

孩子们的“咪咪”吹得屋里屋外聒噪起来，泡桐花挂满枝头，一簇簇盛开了，引来蜜蜂“嗡嗡”作响，日头下头皮冒汗脊背酥痒的时候，清明就到了。

“咪咪”是用树皮制成、能吹响发声的一种玩具。天变暖，树泛绿，杨柳刚冒芽尖、枝条与皮不再粘连时，就能制作“咪咪”了。挑拣前一年萌发、光光溜溜、小拇指细的杨树或柳树枝条，一手紧握枝条细的一端，另一手食指与拇指捏紧粗的一端，使暗劲轻轻拧动，能感觉到树皮与枝条分离时，再接着向下拧，直拧到想要的长度。将未拧的部分折断丢掉，然后用牙咬住粗端剥除树皮内的枝条，两手握紧下部枝条的树皮向下拉，将枝条抽离出来。用小刀将完好不漏气的筒状树皮两端修齐，再将一端轻轻去除半个指甲皮左右薄薄的外皮，放入口中咂一咂，用适当的力气一吹，就发出声音了。

树皮越细越短，声音就越尖细；反之，则粗重闷长。半拃长、声音尖俏、“嘀嘀”像鸡娃叫的，叫“咪咪”；超过了一拃长、声音浑厚、“呜呜”像牛哞的，叫“桐桐”；一拃长、指头粗的，靠在下嘴唇上，嘴唇撮住吹气的同时，一抽一拉中间白花花的枝条，能发出布谷鸟“算黄算割——算黄算割”的声音的，叫“树笛儿”。孩子王手劲大、技术好、会选枝条，他手里一只“算黄算割”的树笛儿，能吸引一群吊着鼻涕的羡慕者跟随。

清明前，绿着手心和嘴唇，手拿十几只长短不一的“咪咪”“桐桐”，“嘀嘀呜呜”上学回家，是每一个男娃的骄傲。但是，清明这天不能在家里吹“咪咪”；如果吹了，会把蛇蝎早早吵醒，家里会爬进来蛇，人会被蝎子蜇。我清明时从来没在屋里吹过“咪咪”，也就没有被蝎子蜇过。但家中院里出现过土条蛇。我搞不清吹“咪咪”和蛇蝎出现有没有关系，倒是怀疑这规矩是大人嫌聒噪求耳边清静哄娃娃的话。

“二十四番花信风”说，清明有三候：“一候桐花，二候麦花，三候柳花。”桐花是“清明之花”。形似喇叭、花白绛紫的泡桐花一簇簇地盛开，一串串、一团团挂满枝头，花团锦簇，引得蜜蜂“嗡嗡”不断。桐花花蕊蜜汁甘甜，清香扑鼻。小孩会捡拾新落下的桐花，拔下喇叭状的花蕊，舔舐清香的花蜜，然后再将花在手中轻轻揉搓，捏住喇叭口的一端，用嘴对着另一端的小圆孔用力一吹，泡桐花便“啪”的一声炸裂开，响声清脆，笑声爽朗。带细毛的灰黄的花托去掉花蒂，用线串起来，曲曲折折地摆着，像极了蛇。把它摆在背阴的墙根、柴草垛下，待到怕蛇的人看见打一激灵，或者吓得小孩哇哇大哭，又会引来一阵开心的大笑。

“清明前后，点瓜种豆。”斗大的字不识一箩筐的母亲争强好胜，一心想把日子过到人前头。一方面要求我好好念书，不能再像她一样做一辈子“睁眼瞎”；另一方面又认为念书是学校的事，回到家里，家务活该干的少不了。拔猪草，拉土垫圈，地里锄种收割，一样活挨着一样活，一样也不能落到人后。地里活干得好，乡里乡亲戏谑：“这娃能干，长大是拿‘一把粗’的料”。要是干不好，自家熟人就趁机教训：“你再不好好念书，长大就拿‘一把粗’的。”话是土话，但锄把锨把杈把镢把哪个不是“一把粗”？人小力气小，哪个也不好拿。

什么节气干什么活，母亲记得清清楚楚：清明前后，点瓜种豆；芒种芒种，连收带种；头伏萝卜二伏菜；白露高山麦……能记事起，清明节，毛毛雨后，在暖洋洋的太阳下，得抓紧在房前屋后潮湿的空地里点几窝葫芦瓜、黄瓜，种几畦刀豆、豇豆。盯着脚下的黄土，眼睛里泛出的是出土的瓜苗、扯蔓的豆秧，还有两个月后的三夏大忙时，随手一把翠绿的豆角。

“清明时节雨纷纷，路上行人欲断魂。”清明祭祖的习俗肯定比杜牧的诗早。小时候，上坟烧纸是大人的事，懵懵懂懂，不知道生离死别的悲酸滋味。老家的人们在清明时节上坟祭祖，感觉还没有如今城里人这么重视。近几年发扬传统文化，清明节被定为法定节日，休假一天专门祭祖。我老家不在本地，但每年都会随着亲戚去上坟。表姊妹兄弟一大群，提着故人生前爱吃的烟酒水果茶饭，淋淋洒洒地祭奠坟头，也忘不了给活人留几口。焚烧的纸钱一大堆，以亿万万计，猜想地下的人收到钱，还想翻身再活五百年。烧纸引燃了坟堆上的杂草，霎时红红火火。我算外人，记不清故人的音容笑貌，自然少了几分切肤哀情，倒是想起来了诗句（《清明》宋·高翥）：“南北山头多墓田，清明祭扫各纷然。纸灰飞作白蝴蝶，泪血染成红杜鹃。日落狐狸眠冢上，夜归儿女笑灯前。人生有酒须当醉，一滴何曾到九泉。”

“早清明，晚寒食。”民间有烧迟了会成“铁钱”的说法。这个讲究在提醒人：不能忘了祖先。依我说，一枝鲜花，墓前抚碑静思，想想故人的前世，打算活人的今生，也算一种缅怀。

清明前一天的寒食节禁烟火，吃冷食，以纪念春秋时期晋国的名臣义士介子推。介子推当年为公子重耳割股充饥，不一定能想到后来的晋文公能成就春秋霸业。他不愿夸功争宠伴君侧，是不是让奸邪谄媚的人多了一个欺死蔑生、擅权废置的机会？他更不会料想到曾经受己大恩的人会放火焚山，烧死自己和老母。为君的晋文公一心想重用介子推，共创春秋大业，共享荣华富贵。且不说介子推愿不愿意，他一把火烧死娘俩、让自己终身悔恨，竟成就了介子推万世“清明”。那么，晋文公留得介子推自由自在、终老绵山，这算不算是一种报恩？君有君的思想境界，臣有臣的价值取向。血书留存："割肉奉君尽丹心，但愿主公常清明。柳下作鬼终不见，强似伴君作谏臣。倘若主公心有我，忆我之时常自省。臣在九泉心无愧，勤政清明复清明。"

清明复清明。气清景明，草木吐绿，烟柳丛丛。暖暖的日头下，我童心不泯，折一截柳枝，做成"桐桐"，还能发出不成调的"嘀嘀呜呜"声。"桐桐"含在嘴里，涩涩的。想起古人郝隆在太阳下袒露肚皮曝晒满腹诗书的情形，真洒脱。

绑个花线过端午

~

一

五月单五端午节是个传统的大节，在三夏大忙时节还能吃鸡蛋、吃粽子、绑花线、戴香包，一想起就让人喜气洋洋。

端午节开始剁油菜、收割麦子，收割完地里还要赶紧点上玉米等秋作物，所以，又称“忙端午”。地里熟了的庄稼不等人，人们忙于关系到全年口粮的地里的活路，节日的享受就勉强了。虽说是个大节，但过得匆忙，就早晨那一阵子。端午一大早，乡里邻里你给我送几只煮的鸡蛋，自家芦花鸡下的，新鲜，吃起来油香。我给你带过去几个粽子，自己包给自己吃的，糯米放得足够多，瓷实，咬起来黏牙劲道；里面的枣是精挑细选的大红好枣，有两三颗（不像卖的粽子里面枣是半颗），弄不好还能从枣里吃出肉味；蜂蜜是看着油菜地里放蜂人摇出来的，不是糖熬的，更不是面糊糊加糖精加色素调成的，一小勺就甜得齁嗓子。

现在，不管是四个角的红枣粽子，还是三个角的蜂蜜或白糖粽子，平时想吃就吃，早已不稀罕，更别说端午节专门为了节日而吃了。倒是已不多见的绑花线绳、戴香包这些民俗，以及端午节的一些趣事，还让人念念不忘。

∾
二

东汉应劭《风俗通·佚文》有："午日，以五彩丝系臂，避鬼及兵，令人不病瘟，一名长命缕，一名辟兵绍。"唐人段成式撰《酉阳杂俎》也记载："北方妇人，五日进五时图、五时花，施之帐上。是日又进长命缕，宛转绳结，皆为人像带之。"绑花线绳、"五彩丝系臂"的民间风俗，也许还和古老的"像龙子"的文身习俗有关系。不管怎么说，追根到底，绑花线绳是端午一个古老的习俗。

小时候绑的花线绳是用家里针线蒲篮里五种颜色的丝线搓捻而成的，端午节早晨绑在手腕脚腕上，可以驱邪避瘟、防蛇虫、保平安。一般人家只有黑线、白线，要找五种颜色的丝线，少不了还得到绣花人家或者家里有待出嫁的姑娘那里去找。尽管都是五色绳，但花线绳的颜色也有区别。有的娃娃戴的花线绳，从刚戴上就松松垮垮黑乎乎脏兮兮的，是娃娃们本身不爱惜，从这些可以想到大人也不是伶俐人，邋遢惯了；有的娃娃的花线绳搓得细致紧凑，颜色鲜亮，色彩也和谐，一打眼就知道，大人肯定是干净利索人。不管谁家的，比来看去，都是自家母亲捻搓的花线绳最漂亮。

端午的前一天晚上，要把合好的花钱绳挂到大门里二门外的门钥吊上，吸收一晚天地之精华，淋上露水。赶天亮，孩子们还在熟睡的时候，母亲就早早起来给娃娃们绑在手脚上。绑了花线绳的娃娃们，出门和别的伙伴比比、炫炫，欢喜得很。过几年大了些，特别是男孩，就羞得不再戴花线绳了，怕遭遇同学伙伴笑话。这时，母亲便在睡觉的时候偷偷地将花线绳绑在孩子脚腕手腕上。大人说，手脚绑上花花绿绿的花线绳，在地里干农活、放学后给后院的猪啊鸡啊拔草的时候能防长虫咬伤。是不是真的灵验，谁也说不准，但谁也不愿意因为没戴花线绳而被草丛里的蛇给咬一下。一般妇女娃娃们都要绑花线绳，讲究人家的男人手腕也会戴。

花线绳只要戴上，就不能随便解开或者剪掉扔了，那样会招惹毒虫，不吉利。按讲究，绑上的花线绳六月六的前一天晚上才能解下来；解不下来的剪断，扔在大门外的墙根下，天上的牛郎织女会看见花线绳而思念流泪，降下能让瞎子复明、能让有眼疾的人眼睛豁亮的泪水，但只有起得早的幸运人才能在大门外的西墙根拾上。大人说东，娃娃们往往偏要往西，不爱按讲究来。胆小的早晨醒来发现花线绳绑在了手脚上，大人连唬带蒙不能解，只好认了，羞是羞也继续戴上，等几天瞅个大人脸色好的时间偷偷剪断扔掉；胆大的、调皮的或者家里缺少娘老子管教的，早晨在家里戴上花线绳，到学校就解下来玩，赶下午就不见踪影了，他们才不管什么忌讳，有什么不吉利呢！到了高中，每逢端午节，看到偶尔有女同学白嫩的胳膊上五彩的花线绳，大方、有趣，少不了偷偷多瞄几眼。

∾

三

花线绳可以单独绑，也能系上香包一起戴。戴香包的主要是娃娃们。香包俗语“荷包”“香袋”，文雅些叫“香囊”，用五色碎布彩线缝成，里面装填上艾草之类的香料，有的再加点雄黄。小孩佩戴在胸前能祛邪护身，也可以用于男女互赠礼物，就像戏剧电视电影里经常演的那样。香包形状各式各样，有心形的、元宝的、八棱的、蝴蝶猫脸小动物的、辣椒大蒜各式蔬菜的、老虎兔子十二生肖的，等等。可以用花线绳把香包系在衣服扣眼上，也可以戴在脖圈上。还有的直接在衣服上刺绣蛇、蝎、蜥蜴、蜘蛛、蜈蚣等有毒的动物，猛一看小孩后胸后背上一个黑乎乎的毒物，挺吓人的，实际是自古以来人们“以毒攻毒”的哲学观念和朴素的护身心愿。

在礼节上，订婚但没结婚的，端午节前男方要给女方送节礼，其中香包不可少，表达的是情思。结了婚，刚进门还没在自家过端午的新媳妇要给三邻五舍的老人、小孩散发亲手缝制的烟袋或荷包，一方面展现自己的手艺，另一方面也是对老人、小孩的祝愿。娘舅家端午节前要给外甥送裹肚。天热了，娃娃们火气大，晚上睡觉不老实，蹬了被子着了凉麻烦的是大人。于是睡觉前操心的大人就在他们肚子上系个裹肚，护一护肚子，防风寒。传统的裹肚是女人们在空闲时节手工精心缝制的，红布底绣的是五毒图：蜈蚣、蟾蜍、蝎子、壁虎、蛇，黑的黄的绿的白的，肢肢爪爪，盘来盘去，胆小的娃娃看了害怕，但东西是真的艺术品。后来生活节奏越来越快，能当艺术品的裹肚慢慢地很少有人做、有人戴了，但送裹肚的节俗没变，只不过裹肚换成了背心、汗衫、衬衣、凉帽之类夏季纳凉的衣物。二十世纪七八十年代，人们一般还是简单地用黄色的包装纸包着“裹肚”，大人手里一攥就去了外甥家，也不见得小气，人们主要看重的是个“礼”。记得小时候，外爷曾送给我一件海军蓝白条纹的汗衫“裹肚”，我那高兴劲到现在都还清晰。我本身就怕长个子，穿了好几年，很是喜欢，一直到把个汗衫穿成马蜂窝当了抹布，才惜惜作罢。

有些地方端午节有喝雄黄酒或者将雄黄酒抹在小孩的耳鼻边防虫的习俗，以避五毒。有人说，这关联的是白蛇青蛇的故事，也能与祭屈原沾上关系。异地工作的我一次在端午节去拜访亲戚，饭前随俗，主家喝雄黄酒。我本应“浅尝”，但以前没喝过的我还以为雄黄酒和平常的酒一样，在占便宜逞强心理作祟下喝了两大杯。于是，胃里那个翻江倒海……那年端午节，没见青蛇白蛇现原形，倒是我现了原形、露了本性。

四

端午节吃粽子与屈原有关。两千多年前，伟大的爱国诗人屈原怒投汨罗江，后人用粽子纪念，才有了端午节。一位教授从《离骚》首句“帝高阳之苗裔兮，朕皇考曰伯庸。摄提贞于孟陬兮，惟庚寅吾以降”考证，屈原是楚王熊渠的儿子熊伯庸之后。在日本、韩国质疑中国有没有屈原这个人的时候，确实为国人争了口气，教授也因屈原而成为知名教授，于国于己也算名利双收。还有一位教授，倒转皇历乾坤，考证屈原自言出生在寅年寅月寅日是真实可信的，是大吉大贵大诗人。一家之言，有点意思，让人半信半疑。上学时有一年端午节，也许是想起了老家过端午节，胡诌了几句，到现在还记得后面两句：“没有粽子没有蛋，只有柳条插门边。”有吃的有习俗，好像还顺口。

~

网上说，端午节的网络域名早被韩国人注册了，国人只能无奈地斗斗口舌。看来端午节不仅仅是个节日，还能做个学问，更能做成大经济。近几年，端午节法定放假一天，更是从国家层面强化了端午节的文化意识。如今，端午节吃的粽子都是名牌，大的小的、甜的咸的，红豆沙、绿豆沙，大肉的、牛肉的，样样式式，想啥有啥，想吃多少就吃多少，但早已吃不出年少时那个软糯香甜的滋味。绑花线、戴香包的习俗也日渐淡出了人们的生活，甚至被年轻人抛到了“爪哇国”。对端午节习俗的重视程度已如九斤老太所言：“一代不如一代。”

每逢端午节，儿时的味道和趣事历历在目，思念一年浓于一年！

嘿吆嘿吆老油坊

~

油坊水磨，不愁吃喝。我们生产队地处渭北旱原，不邻河，当然也就没了水磨，但有油坊。挨着饲养处东面的那三间两面淌水的大房就是我们队里的油坊。最里面东北墙角盘着一口大老锅，锅口直径比一个大人长，这个锅是炒菜籽、蒸菜籽用的。房子正中偏东有个大坑，也有一人多深，坑里装的是“榨”。坑里有台阶，出油的时候人能下去将油一桶桶舀上来。油坊靠里北面的檐下，向外套了小半间房，大小刚好能盘个土炕，门朝油坊里开着，是给油坊的人看门、歇息用的。

油坊榨油用的主要是油菜籽，蓖麻籽、棉籽一类的杂油很少。只要人手闲，一年四季好像都能榨油。但大人们说，越是三伏天越能出油，就像割麦，越是中午太阳正晒的时候越出活，人和菜籽在三伏天出油都多。

榨油的油菜籽先要在晒场上晾干水分，但不能太干，太干了会影响出油量。晾晒油菜籽的晒场就在油坊前面，洋灰（水泥）抹得光光的，单边有三四丈长，方方正正。晒好的油菜籽放进铁锅里炒，炒的火候要拿捏适中：火欠了出油率不高，火过了油色浑浊，吃了后味发苦。炒菜籽时专门有人架火，有人拿牛头大的短把木锨不停地翻动。此时，翻动炒锅的汉子将光着的上身探向锅上，黑黝黝的脊背上晃动的肩胛如走动的牛腿，特别有意思的是大胳膊上一紧一缩的肌肉，就像两只跳跃的兔子。老把式不时从锅里抓起菜籽看一看、闻一闻，一声“好了”，油坊上下立即活泛起来：撤火的撤火，出锅的出锅，运的运，搬的搬，个个动作迅疾，就像打仗一样。炒熟的油菜籽要放到磨子上碾碎，磨成油馓子，再上蒸锅，此时的温度和时间由老师傅严格把关。

蒸熟的油馓子要做成油饼才能上“榨”。地上放着一拃多高、汽车轱辘大小的铁“圈”，里面一层压一层地铺好呈散花状蒸煮过的谷草，把蒸熟的油馓子倒进去，用谷草包起来，铺上麻袋片、布口袋片之类的东西，人站上去用脚一点点夯实，这就做成了汽车轱辘样的油饼。做油饼是个体力活，人们光着脊梁光着脚，装馓子的，搬运油饼的，上下跳跃着夯饼的，人影绰绰，油馓子的热气染得油坊雾腾腾、香喷喷的。看热闹的小屁孩往往也会凑上去跳几下，这时大人们从不言说呵斥，好像还很乐意让他们多跳几下，因为趁此机会自己也可以休息一会儿，抽根旱烟。一个个油饼，就是一笼笼油。

和着膀子上油亮亮的汗水，一个个车轱辘样的油饼制好了，最后就是上大榨出油。“榨”占了油坊的一半空间，这巨大的物件说白了就是坑里装着的那根碗口粗、一半在地上一半在地下、被固定住的带丝口的铁柱。“榨”的上端焊实了朝向四个方位的铁爪，供人们插上四根胳膊粗的铁杠转动榨柱，下端连着锅盖样的铁板。“榨”下方是个周边有孔的带圈梁的坑，用来放置将要压榨的油饼。坑周边有槽，引着榨出的油流进油缸、铁油桶里。

上榨又叫“绞榨”。两三个油饼放入榨槽，旁边再加实木塞，人们在“榨”上端插上铁杠，推拉着“榨”转圈，上劲。“榨”下端连着的铁锅盖慢慢地向下压紧油饼，油便被挤压出来了，这是真正的“榨”油。油清亮、干净、色正，没有邪味儿，好吃。上榨更是力气活，几位壮汉转着铁棒，推的推、倒着拉的倒着拉。刚开始丝口还不紧，人推着也不费力，转得也快；慢慢地“榨”和油饼合上力，人推着就不轻松了，这才是最见成绩的时候。在油工响亮的号子声、厚重的“嘿吆”声中，榨机“吱吱”地响着，神奇的黄灿灿的油便从油饼中滴滴地流出了。大榨下，是油汪汪的日子！

为了让劲使到一处，油工中一人喊号子，众人弓着身子，齐声“嘿吆”的同时脚下一蹬、手上一推一拉杠子，“榨”就转一下。多年了，油坊的号子声最让人无法忘记。口拙不会喊的，只会“一二”“一二”，推杠的人们跟着“嘿吆”“嘿吆”几声便会聒噪起来，叫唤着累，要喝水抽烟歇一会儿。口齿伶俐会喊的，变着花样地看见什么想起什么就喊什么，而且顺口、有味：

“东方红——嘿吆，太阳升——嘿吆，毛主席——嘿吆，大救星——嘿吆，共产党——嘿吆，领导咱——嘿吆，新中国——嘿吆，向前进——嘿吆……”

一段没完，不知又看见哪个光屁股的小孩还是想起来了什么，号子变了：

“长头发——嘿吆，黑眼睛——嘿吆，红脸蛋——嘿吆，红棉袄——嘿吆，大裆裤——嘿吆，一把抓——嘿吆……”

号子声先慢后紧，直到“嘿吆”声一声接一声、气都接不上，才会在大家的笑声中停下来。推杠的人们还没感觉到累，“榨”便到头了，原先一拃厚的油饼厚度下去了一半，一榨油就算好了。解丝，回榨，重放油饼再开榨。回榨时卸力，这时看热闹的半大小子就会上去帮忙，推推油杠也算过过榨油的瘾。

头遍最能榨出油。将三五个榨过头遍的油饼二遍三遍上榨，油饼里的油就算出尽了。自家队里的为了更多出些油，还得压榨第四遍。反正人力是自己的，劲也不能攒下，闲着也是闲着，工具不用白不用。

出油那几天，小孩们从家里拿块馍，胆大的瞅着没人注意，连手一把戳进油缸里，转身就跑；胆小的战战兢兢、畏首畏尾，蘸不上油不说，更会被油坊那些年轻捣蛋鬼逮住，一把抢过馍，在那黑洼洼、油乎乎的油缸盖上摛两下还给你，馍于是也变得黑乎乎，看着远不如人家在油缸里蘸的油汪汪黄葱葱来劲，还会遭到同伴的几天嘲笑。但甭说，掐掉馍馍上沾的那些黑渣渣，黑黄的馍馍吃到嘴里也挺油洛洛的。

那年月，什么东西都欠，欠了也就金贵了，更别说拿支筷子在油瓶里蘸两下就能炒一锅菜的油了。尽管出油了，但是是别人的，人家盯得紧，想瓢出一勺半勺不容易。但油坊里坑坑洼洼沉淀澄清的油，炸个油糕、油饼难些，炕个油馍馍却足够了。油坊里的人从自家里带来黑的、白的，黄白、黑白玉米面、高粱面和着麦面裹花的，在油坊支的小锅中炸得里外金黄嘎嘣脆，过个嘴瘾，犒劳一下自己，也不枉费这些天流的汗水。就这，不知谁家利嘴媳妇还教着孩子在队里到处乱唱着：“油坊子，贼窝子，白天吃得油饼子，晚上尻子（变成）油捻子。”

油饼出完油就成了油渣，油渣也能吃，小孩偷着掰一块装在口袋里向其他队的伙伴炫耀，时不时拿出来咂摸咂摸，有点苦，也有油香。砸碎的油渣在牲口料里拌一些，牲口长膘快，但也不能多，多了会中毒。油渣是很好的肥料，瓜果要甜更是少不了。西瓜、甜瓜苗根下埋一把油渣，结出的瓜特甜，这是种瓜老把式不是秘密的秘密。

改革开放了，公社变成了乡镇，大队叫“村”，小队叫“小组”。我们油坊的“榨”还是老样式，炒菜籽时看火候，压榨全凭人夯，一斤菜籽榨出的油还就三两，再加上其他不可知的原因，有时甚至是二两八。邻村新型的电动榨油机，一间房一个人就榨油，炒好的油菜籽不用夯成油饼，电机一开，两三遍，油菜籽就成了呱呱皮油渣，出油能过三两五。但就是不热闹，没看头，看上一两次人就乏味，还被“轰隆隆”的机器声吵得心慌。社会以经济为中心，向“钱”看的人们要的是实惠，要的是效率，一年一家一户也就榨油一次，才不用管那么多。两相对比，我们的油坊慢慢就失去了往日的红火劲。油坊什么时候关门大吉，人都不太知晓。直至有一天，油坊前的晒场要分了，画上白石灰线，一家一小块，一后晌的时间，晒场就被队里的人砸了个稀巴烂，挖地三尺，连下面沙石地基一并交了公路上派的任务。留下黑乎乎的一块，下雨天就汪着一片水，天晴了就是一塘泥。也没过几天，原先的晒场地就被粪堆、柴火堆一点点蚕食而尽。不经意间，看见队长家一根生锈的顶门柱，怎么看都像油坊里的铁推杠。

油坊没了，没留下一根椽、一张图。一起逝去的，还有热热闹闹、雾气腾腾、懵懵懂懂、油油汪汪的童年。但每每想起油坊里的号子声，总不禁失声一笑。那萦绕着的油香，也常常惹人眉头一蹙！

人欢马叫饲养处

~

队里的饲养处在油坊西面，两座房子紧挨着，都是东西向、坐北朝南三间两面淌水的大房。东西两头，朝南开着前后门。门外的两条整块青石凿下的牛槽各有丈五长、三尺宽、二尺深，是饲养处的标志。房里的一排牛槽将饲养处分为里外两半，外面圈牲口，屋檐墙根堆着垫圈的干土；里面放牲口草料。东北面一个角落隔出来小半间房，里面盘了一面土炕，供饲养员歇息；北墙上挖了斗大个窟窿，两枝木棍支成“人”字，透光当窗户。

记得刚学会写“一二三四五”“牛马羊”“前后出进”几个字，我就急不可待地在饲养处那扇白门上，用土坷垃深深地划了“四羊出”三个大字，给人炫耀我识字了。哪知道，第二天就发现我写的字被人用白石灰改成了“饲养处”。我偷偷查了《新华字典》，知道了“四羊出”和“饲养处”的区别和意义。

“饲养处”顾名思义就是饲养牲口的地方。入社以后，各家各户不让养大牲口，一个队里的牛马驴骡要集中在一起饲养。饲养处先是盖几间茅草房，后来改成了瓦房。队里派一两个人专门饲养牲口，这些人叫“饲养员”。饲养员一般总是缺点什么，不是独身男人，就是父母早亡、没人教养，人穿着邋遢，性情木讷，别人看着有点“缺斤少两”。饲养员干的活说起来简单，不像扶犁撒种要技术，无非就是拉土晒土、起圈垫圈、炒料拌料、挑水铡草、打扫卫生之类的活。不需技术，活也不累，不像扛粮食口袋累人；但也不轻松，又杂又碎，人脚手不勤也不行。白天，牲口套到地里干活去了，饲养员就要把牲口粪尿起出来，扫干净圈舍，垫上干土；扫出石槽里的剩草，挑好拌料的水；太阳好，要在外面晾晒垫圈用的干土；半夜要起来三五次，给骡马大牲口添料拌料。马无夜草不肥嘛！

正常人看不起饲养员，也当不了饲养员。一个是受不了圈里牲口的粪尿味，再一个，队长还担心饲养员“精明”了，给牲口加的豌豆、玉米之类的干料，牲口到底能吃到肚里的有多少。等农忙要用牲口的时候，一个个数得清肋巴骨，拉不了车、犁不了地，那就迟了。

饲养处满是牲口的屎尿味，但这不会影响小娃娃们爱往饲养处钻。牛槽里、草料堆里、干料口袋里，都是捉迷藏的好去处。鼓捣鼓捣农具，抓只牛虻，骑骑老牛，小心地拔一根马尾还不能让骡马踢伤，马尾绑在扫帚棍上去涝池边套青蛙，帮着饲养员牵牲口到涝池饮水，互相比一比马打响鼻、驴嘶叫，或者盯着老牛跷起尾巴“噗嗒嗒”……没感觉就打发了半天时光。娃娃们给饲养处带来了人气，饲养员有时心情高兴，会从里屋抓一把牲口精料，给每人发几颗。炒熟干瘪的玉米、小麦、豌豆，扔到嘴里“咯嘣咯嘣”，香甜有滋味。

冬天，饲养处的料草堆能吸引很多麻雀。堵严实窗户，故意开着一扇门，悄悄等着一群麻雀飞进去之后，从外面突然把门踹上。里面的人挥着大扫把一阵扑打，地上就能落几只麻雀。有人拿去煺毛清膛，放在锅里盐水一煮，也能打一顿牙祭。别人要干这事时，我往往躲得远远的。刚刚还扑棱棱、蹦蹦跳跳、活生生的小精灵，一会儿就进入不知谁的肚子了，我不忍心。

饲养处门前有一片空地是白天圈牲口的。立着的拴马桩有木头的，也有石头的，四面各有一尺宽的四方青石，地上部分有小孩高的，也有大人高的，最上面桩头雕有人、狮子、猴子之类。人的臂腕间和狮子、猴子的前肢处往往镂凿通孔，用来穿系牲口缰绳。桩头上的人或物前冲的，弓背的，仰头的，瞪眼的，雕刻得逼真传神，情趣盎然。这坚硬光滑的拴马桩也是娃娃们的好玩处。小的爬上矮的，大的爬上高的，个个雄踞一方，好似将军一般。好不容易爬上了最高的拴马桩，正得意忘形时，却一不留神掉下来，一脚踩进驴粪里，或者一屁股坐在稀牛粪里，就成了大家的笑料。

饲养处也是队里的会议室。白天有事，队长在上工放工时三言两语就能传达；但有上级重要文件要学习传达，或者队里要卖哪个老牛、买哪个铁牛之类的大事，非得议一议，那就得寻个地方。生产队里不是公社县委，不可能有会议室，此时饲养处最好不过。饲养员的炕上能坐十来个人，三间大房里能轻易容纳全队几十号男女老少。年龄大、威望高的男人上炕，围着那盏既照明又能省下洋火钱的煤油灯，“吧嗒吧嗒”一锅一锅吃旱烟，歇息过瘾；婆娘们在地下自带的小板凳上，三三两两、头对头地东家长西家短；半大后生娃娃们在草料里靠的靠，跳的跳，推推搡搡，草料堆就是最好的弹簧床，不用担心跌伤摔痛。队长也凑着那盏煤油灯，传达“最高指示”“老三篇”，告诫大家要注意“资产阶级新动向”“抓革命，促生产”“深挖洞，广积粮”“备战、备荒”“不忘阶级苦，牢记血泪仇”…… 这时候饲养处里外热闹，人欢马叫！

包产到户了，牲口要分到每家每户。队里从外面请了两个牲口集上的经纪人，给各个牲口估价。两人看看牲口，一人一只手不时揣到一个人的袖口里，神经兮兮、鬼鬼祟祟的。这个动作小孩不懂，大人都知道它叫“袖里乾坤”。这两人是牲口经纪，人也叫“大牙”“捏捏”，他们常在集市上帮买主卖主说和达成交易。他们常把手戳进袖子里，藏在衣襟下，热天也可在手上扇个毛巾、盖个草帽之类掩饰住。一个手指表示一，两个指头代表二…… “挠六”“捏七”“叉八”“勾子九”。捏一捏，不用言语，不吵不闹，买卖就成了。这两个人看一下牲口，捏摸一下，其中一人报出个数字，队里的会计就在旁边记下。社员们小声地吵嚷着："高了、高了！"队长不时在旁边喝呼两声："差不多、差不多！"一下午，老得站不起的那头牛估了七十元，最壮最厉害的那头黑犍牛估了三百元。所有的牲口都给定了价。

牲口要分给各家各户，大伙儿连夜抓阄儿。牲口少，只有二三十头（匹），而人有五六十户。于是按人口多少搭配分组，每组的人数相等；每组一个号，号数与牲口数一样多。这样，牲口就分到了每个人头上。

晚上问大人："有人说那头最壮最厉害的犍牛能卖五百元，怎么才给评议了二百元，还有人说贵了？"家人笑笑说："你傻啊！"第二天，邻家大叔将分给自家的那头七十元的老牛拉到集上卖了十张"大团结"票子。倒了个手，他兜里就多了三张"大团结"。分到最壮的犍牛的那几家也将牛卖了，听说净赚了二百元，几家人为了分钱还吵闹得全队人人知晓。我这才慢慢明白社员和队长评议言语的差别：社员说高了，就是希望评议的价钱低些，反正牲口是大家的，交的牲口钱队里充公，也算占最后一点便宜；队长说差不多，就是希望在这大锅饭的末了，能为队里多一分收入。

牲口分了、没了，饲养处自然就没用了，后来也拆了。多少年过去了，现在一想起，还真有点怀念那人与牛马同乐同苦的去处——人欢马叫的饲养处。

刀锯斧凿说木匠

~

“拉大锯，扯大锯，外婆家里唱大戏。你过来，我过去。拉一把，扯一把……”一伙绊人脚跟的腚屁眼娃娃在门外扯着嗓子喊叫。原来是隔壁人家的木匠兄弟把一截打了一条一条墨线的圆木牢牢绑在门外的大树上，要拉大锯、车木板了。

木匠二人抬着一人高的大锯，先是站着举着大锯，后来半弓了腰，再后来坐在地上，你过来，我过去，拉一把，扯一把。脊梁上的汗珠、粗重的喘气，像拉磨的老牛。搪瓷缸里黑酽酽的茶水，家人续不及。木匠俩坐在地上，伸直两腿，用力把大锯向自己的裆里扯。锯把子挨在地上，实在没办法动弹了，圆木最下面也就剩半拃了。一人两手抓着晃悠着的木板向外一扳，一片板就下来了。车好的板材中间加上木条，按原顺序捆扎成圆木的样子，放在背阴通风、淋不上雨、晒不上太阳的地方。半年八个月，木板阴干阴透，就能上箱柜用了。

读过课文里鲁班的故事，再看着木匠拉大锯，才真正感觉到鲁班的伟大。试想，鲁班不发明锯子，圆木怎么能变成做箱柜桌子的木板呢？

木匠会拉大锯，木匠屋里还有很多工具：凿子、刨子、斧子、锯子、锛子，角尺、软尺、硬尺、墨斗，长的短的，大的小的……多得很，根本数不过来。木匠说，这些工具都是自己做的。木匠真能！

木匠的凿子宽的窄的大的小的一大堆，大的能凿出大洞；小的能凿出小洞，也能凿出大洞；圆头凿子能凿出方洞；方头凿子能凿出圆洞。凿子不是木匠自己做的，是铁匠锻的。木匠在凿子的后面楔个木把，手扶着不冰，斧头砸上发出的响声不刺耳。

木匠使唤的斧头叫“偏刃斧头”。里手一边，从斧头背到刃口是平的，看不出弧度；外口一边斜向里面的刃口，弧度明显。木匠的斧子，大姑娘的行李，都是碰不得的。快锯不如钝斧，但分不出木匠用锯子多，还是用斧头多。木匠磨斧头是一面磨，不像一般人家磨刀要两面磨，还不时拿起来用眼睛瞄瞄，用大拇指刮刮试试刃口。木匠的斧头没有一般人家的锋利，但劈木头不夹斧。“木匠斧子一面砍”，意思是遇事只讲一面理。有的人看事偏激了，就有旁人说：“他老人家说过，啥事都要一分为二哩。你咋老抡偏刃斧头哩？”

木匠的刨子，长的短的一大堆。刨刃衬上木楔子，轻轻用斧头敲刃，刨刃就镶进了刨子。刨刃要是退不出来，怎么办呢？拔肯定拔不出来，又不能用斧头直接敲打刃口，怎么退出啊？问木匠，他就是不说。还故意趁我去门外撒尿的时候，或者熬胶吹火的时候，眨眼的时候，总之是不让我看见，只听“哐哐”两下，他用手摇着就拔出了刃子，放在磨刀石上霍霍地磨。后来，还是让我发现了：用斧子敲打刨子的后跟，刨刃就会退出来。什么原理？一直没想通。老虎追得猫上树——多亏留了一手，教会徒弟，饿死师傅，这个理我是早早懂了一点。

木匠的两只大手的虎口夹紧刨子兔子耳朵一样的把手，食指伸直，用力压在刨子上刨木板。遇上松木、杨木之类的软木头，长刨子能刨出长长的刨花，又长又白。刨花点起火来很容易，一堆火能把弯木头烤直，翘了的板子也能烤得平一些。

木匠也熬胶。饼干一样的硬胶板直接放在胶锅里，下面点着刨花，一会儿硬胶板就会融化变成胶水。木匠用刷子蘸着胶水刷在板沿上，淋在凿眼里，让卯榫更牢靠。但有一种胶要大锅套小锅熬，大锅里是水，小锅里才是胶，小锅里的胶要大锅里的开水慢慢暖化。这种胶不直接经火锅炙烤，就像人中的旦娃娘娘，高贵一些。

木匠见了母亲，说："嫂子，你家的娃听话、心细，熬胶熬得好，下午放学还是让他来给我做伴耍!"

胶是用动物骨骼和皮熬制的。人说"你能熬胶"，有两层意思：一是说，你这个人心细，熬胶的火候把握得好，不会把胶熬糊；二是说，你这个人什么事都干不成，只等着用你的皮、你的骨头来熬制成胶了。一提起熬胶，我就想起了上铺诗人兄弟的一句诗："我点我的头颅做灯。"我想，有一天我老了，会不会有人拿我的皮、我的骨头熬胶，熬出来的胶不知道黏不黏!

"弯木头，直木匠。"再弯的木材，在木匠手里都能变成直的。要变成直的，木匠就得用两样工具：墨斗、尺子。墨斗就一个；尺子就多了：钢卷尺，塑料软尺，木头的直尺、角尺，好几个。木匠喜欢墨斗，墨斗能把所有的弯木头变成直的。墨斗的线头尽管有个丁字拐弯头头，但是死的，哪有人的手巧？哪有人听使唤？木匠一拿起墨斗，我就赶紧跑过去捉住那个线头，拽着拉到木头的另一端。木匠说往里挪我就往里挪，说往外挪我就往外挪。两个人按紧墨线两头，木匠就伸手拎起墨线的中间一弹，线上的墨汁就在木头上留下直直的一条黑印。要锯要砍就照着墨线来，不会有偏差。后来几何上讲两点确定一条直线的公理，我不用学就早早知道了。

木匠拿起墨斗还会卖文雅让人猜谜语，谜面一次和一次不一样，谜底都是墨斗："一间房，半间租与转轮王，要是射出一条线，天下邪魔不敢挡。""一张琴，琴弦藏在腹。凭君马上弹，弹尽天下曲。""一只船，一人摇橹一人牵。去时拉纤去，归来摇橹还。"

除了用墨斗，木匠也像小学生一样用铅笔。木匠的一只耳朵上常年夹一根纸烟，另一只耳朵上夹红蓝两色铅笔。铅笔粗粗的扁扁的，不像小学生用的又细又圆，是木匠专用的。木匠耳朵上的铅笔永远是那么长，是给人看的。他手里拿的永远是大手握不住的铅笔头，这才是木头上画线用的。木匠也削铅笔。但木匠削铅笔不用小小的铅笔刀，而是直接用斧头，哪怕被削的铅笔短短小小还没他指头长。我上了学，学到“卖油翁”“张飞穿针”“运斤如飞”“郢人斤斲”的故事，一下就能想起木匠拿斧头削铅笔的情形。所以，我就不像别人那么咋舌向往故事里的英雄能人，知道这只是手熟而已。

木匠爱眯眼。木匠要端详木头上哪个地方高哪个地方低，是凸出来还是凹下去的时候，都要眯起一只眼，睁着一只眼。他说这样看得清楚。我在木匠房里玩的时间长了，也就学木匠眯眼的样子。比如说，我看人就学木匠端详木头的样子，为了看清楚就半蹲着，偏着头，眯着一只眼，睁着另一只眼看。母亲看见我这样子，立马提起笤帚扔过来，言语跟着：“不怕怒目金刚，只怕眯眼菩萨。好的不学尽学瞎的。你从小就挤眉弄眼的，长大了还不日鬼捣腾害死人?”

木匠认识各种木料，一根木头瞄一眼皮色，就知道是什么木头。要是木头太老旧，一下看不出来，至多拿斧子砍两下，露出新木茬，就知道是啥木头了。木匠记着啥木头做啥的规矩：桑木扁担梨木案板，栲木斧把槐木犁，桐木箱子松木椽，枣木蒜窝枣木擀杖，核桃木桌面，青冈木桌腿，楸木箱柜，柏木棺材；柳木不能做炕边，桑木不能上梁。不同木头特性不同，啥样的特性去做啥样的家具工具，这样，木头才能最大地发挥自身价值。譬如，梨木的大案板是越用越光亮，用枣木做的擀面杖在大大的梨木案板上擀出长长细细的面条来，人会很风光。洋槐青槐硬杂木车成方条，当桌凳腿箱柜枕；虚软的桐木、杨木车成薄板，当作箱柜的隔板；红松白松不软不硬，既可以当枕也能当板；松木桐木杨木纹理好、没节没伤的当面板，看着舒畅上档次。大木头做箱柜，剩下的做不了高椅子，就做碎板凳。要是剩下了边边角角的板材，就做个案板，削个擀杖；一疙瘩硬杂木呢，如果有兴致三下五除二就可以削个木猴（陀螺）；长长短短、宽宽窄窄实在没地方用的条条片片，可以“叮叮哐哐”钉个粪坝子、猪圈门，反正不能浪费。木匠说，人尽其才，物尽其用，人和木头一样。

木匠做柜子时往往把板子上有节有疤的、边角带皮的用在柜子背面，柜子靠墙一立，人就看不见了，只有木匠知道，柜子主人也认可。但我就是看不上这样的做法，要是放给我，要我来做个柜子，我会里外使一样的板子。我比木头还木头，这样做只为图个睡觉安稳。以我这初心，估计可以做个好木匠，但到现在我连一个板凳也没做过。

“长木匠，短铁匠。”木匠用料要长，长了可以截短，要是短了就没有办法了。而铁匠用料短了，可以锻打变长。木匠给别人家干活，长的截短，大的截小，干脆利落。主人家说这根木头是檩，他不当柱使用。木匠给自己家干活却老是磨磨蹭蹭，尽管什么都会做，但做什么不像什么。他家的大门不如别人家的猪圈门，薄的厚的，直的弯的，带着树皮边皮板子，被虫蚀的大窟窿碎眼眼的，什么木头都有。木匠自己心里清楚：自家的东西，拿起这个长了，放下那个短了，抬起这个椽心里想着能凑合做个梁，做个大椽可惜了；拿起那块板子，心里嘀咕着做个面板出彩，做衬板有点屈材，怎么着都是个可惜。这正是应了俗话：“木匠睡的咔嚓床，大夫守的病婆娘，裁缝家人没衣裳，卖盐的老婆喝淡汤，种田的吃米糠，炒菜的光闻香，编席的睡光炕。”

木匠上学不多，不知几何函数为何物，但算数好。比如说，他考我，梁是一丈，桁是多长？我回答不上来。按我们学的函数，告知两边一夹角，对着函数表，套着公式，才能算出第三边。木匠只告诉我一个梁，条件不全，怎么能算出桁长？但木匠就能知道。勾三股四弦五，桁梁夹角二十七度，丈五桁的房子是大众正规的，丈三桁的小三间是穷人家的，这是当地人都知道的死常识。他认为人人都知道，更别说上了学相当于秀才的我。木匠不用查函数对数表，不用拨算盘珠子，多长桁配多长的梁，一间房椽几根、梁几根、撑几根，在心里放着呢！

木匠还知道很多规矩。比如，有闰月的一年才能做寿材，盖房立木要看皇历，动土不能动了太岁，上梁的日子要选吉日吉时。

学校作为教室用的三间大房就是木匠盖的。老师动不动就让我们抬头，看木匠做的人字屋顶，并数说我们：“看，你们要是学得好，以后就能做国家的大梁、檩条；要是在学习上三天打鱼，两天晒网，连小椽都做不成。你还是早早回家，做你娘手里的烧火棍去吧！学不学，自己掂量。”

房顶的大梁多厉害！这么大的房子三根梁就撑起来了，人人抬头都能看见。只要房不倒，它几十年几百年永远都在。烧火棍呢？柴火堆里随手拿起来一根，顺手了就在灶眼门里多拨拉两天。不顺手，转身就撂到灶眼里，眨眼间化成了灰，第二天就倒在了后院的粪堆上。但国家的大梁在哪？我们谁也看不见，没人知道。再说，就是棵树，做大梁还是做烧火棍，有几分由得了它？

木匠还说，人和树一样。人长大了能成啥材，由得了自己，也不一定全由自己。不论是棵树还是个人，只要长着，长成啥都一样。他说：“他大舅他二舅都是他舅，高桌子低板凳都是木头。”

一烙二擀三拌汤

过去，婆婆难为媳妇好像是常事。譬如婆婆给媳妇说，明天家里来人，你去准备骨包肉、肉包骨、没脚的团鱼、红心的萝卜，用两种材料炒出十样菜，用两种材料蒸出七样饭，放在千眼的托儿转动桌上……在只有青萝卜没有红心萝卜、没有电没有转动桌子的年月，这不是难为人吗？人巧了，事简单，为难的只能是傻媳妇。当媳妇准备好鸡蛋、红枣、豆腐、咸鸭蛋、韭菜炒鸡蛋、绿豆米饭，把竹筛扣在磨盘上当桌时，婆婆也就没话说了，更窃喜遇上了持家的好媳妇。谁说巧妇难为无米之炊？饥荒年月，聪明能干的媳妇有计划，精打细算半年粮，不用说。傻媳妇遵照着持家做饭的老话："细水长流年年有，大吃大喝不长久""有菜半年粮，无菜半年荒""一烙二擀三拌汤"……人再傻，要是勤俭，也能过上好日子。

一烙二擀三拌汤，是说用同样多的粮食，烙着吃最费，擀面次之，做成拌汤最省。一斤的锅盔干粮一个人一顿轻松就能吃完，而做成两碗干面却能把人吃撑，要是五碗拌汤恐怕没几个人能喝完，就是这个理。

一烙

烙饼，最方便的是烙死面油饼。没料想来了人，或者上地的人回来，揭开馍笼发现是空的，麻利的媳妇顺手一碗水一碗面，面和得软软的，擀成饼子能摔进锅里就行。里外使上油，黄葱葱的，趁热用手撕着一片一片，油香油香的。死面油饼看起来油亮，好吃在那热乎的一阵子，由于面没有经过发酵，要是放凉了，就变得硬邦邦柔筋筋的，咬不动、嚼不烂，而且吃了不容易消化。“外孙外孙，油饼馍馍离层。”意思是说虽然外孙亲热可爱，但总不是自家人。

烙着吃最实在的是锅盔。烙锅盔的面要用发面，发酵了的面吃了容易消化，不填食。掰碎的酵子用温水放到碗里泡上半天，酵子泡软了往里面搅上一两次干面，轻轻搅匀，待到酵子高乎乎的都是气泡时，说明酵子起旺了。兑上温水，发面。酵子和面黏性大，面老是黏到手上，但只要把温水不时浇到手上，再不停地用拳头捶着扯着揉面，手上的面就干净了，这是一点小技巧。和面要“三光”：面光、手光、盆光，这是婆婆的讲究。和好的面团天暖和了放在哪都好说；天冷了，在农村人们就埋到被窝里。两三个小时后，面团起得高乎乎的。撕开面团，里面像蜂窝一样，说明面就发好了，可以擀开烙锅盔了。先把面中间拨拉开，让酸气稍微挥发一下，再兑碱揉匀。放多少碱面也要把握好，大体和吃饭放盐的量差不多。碱面放多了，吃着有碱味，热着好吃，放凉了会发黄变硬；要是放少了，吃到嘴里后味发酸，面香的回味就少了。

烙锅盔的发面不怕硬，就怕软。面软了，锅盔吃起来发黏；面越硬，烙熟的锅盔吃起来越酥。和面、揉面要使出吃奶的劲，实在硬得揉不动了，可以用擀面杖压。搞生意烙锅盔卖的人家揉面上杠子，把面团放到木杠子下，一层一层地压匀，烙熟的锅盔千层万层，吃起来酥得不得了。

锅盔好，慢火烙。烙锅盔火不能太硬，也不能大，要文火烧，慢工烙。炭和硬柴火硬，温度高，适合煮肉不适合烙锅盔；麦草衣子一类的穰柴才能烙出色香味俱全的锅盔。烙锅盔可以套用《七步诗》：“烙馍燃麦秸，馍在锅中泣。本是同根生，相煎何太急。”急性人往灶眼里捅一根硬柴，眨眼间锅里焦香味就出来了，锅盔外面烧焦了，中间还是生的。老奶奶打着盹，媳妇家纳着鞋底，等上半天想起来了，往灶里扬一把麦草衣子。火或明或灭，锅盔三翻五翻，表面看起来刚上了火色，里面早就熟了。

古代汉语教授讲“辗转反侧”一词，用手比画形容半夜睡不着觉的人，就像烙饼一样，翻来覆去，翻来覆去。其实呢，炕上的人、锅里的饼，一样一样的。

一片锅盔能看出家道是否殷实，也能看出媳妇的手艺高低和脾性。一寸厚的锅盔发起来，烙熟了有一拃厚。“干、酥、白、香”是标准，干硬耐嚼，内酥外脆，白而泛光，香醇味美。张大嘴，眼睛也跟着睁圆了，上门牙下门牙的距离还没有锅盔厚，这样的锅盔叫“睁眼锅盔”。吃睁眼锅盔，牙口好的小伙娃娃没问题，缺了牙的老汉老婆婆啃这样的锅盔就有点为难了。人这一辈子，怕的是“有牙没锅盔，有锅盔没牙”，最大的满足，也许就是有牙时吃锅盔，没牙时喝拌汤。

面里什么调料都不放，烙出来的锅盔是原味；要是加上一点盐、花椒叶、辣子面等调料，就是咸的。和烙锅盔的面可以不用水，直接用油、用牛奶和，用鸡蛋、鸭蛋和；锅盔可以单吃，也能夹辣子、夹臊子……老人说：“看把你娃娃轻狂的，才吃了几天饱饭呀！”

~

二擀

冬麦面筋大，和得软硬合适，擀面吃筋道合口，最好不过。天凉了，和面的水要热一些，面适当和得软些，因为饧好的面会越发硬；天热了，和面的水可以凉一些，面可以适当硬些，饧好的面会越发软。面硬了，不容易擀开，自己费劲，擀开的面还容易断成节节；水多了，面伤了水，面擀开会一坨薄一坨厚。面的软硬怎么样才算合适，和上几次、擀上几次，心里就清楚了。

“打倒的媳妇揉倒的面”，不中听的老话是说面要揉好。面揉不到位揉不匀，看起来一样的面，下在锅里捞不到碗里，捞到碗里夹不进嘴里。揉倒饧好的面放在案板上，先用擀杖平推平擀，待到面盆大小、薄些了，再卷在擀杖上，踮着脚尖，双手向前又挤又压又推，这叫“擀面”。面擀好没擀好呢？把面一半卷在擀杖上，半扇子面掉下来，提起来，迎着光，哪坨厚哪片薄，整个面擀匀擀好了没，一清二楚。

擀开的面对折再对折，呈扇形。一手扶着擀杖，一手拿刀，刀尖稍微翘起，飞速地向前，切出的面就长。手艺好的，让人看着刀好像在来回厘（切）面，其实刀是单向前切厘面，回来时是空的。面缠在擀杖上，顺着擀杖划一刀，面就成了三寸宽的一片一片，再切只能是麦草节节、菱形片片了。牛槽一样的案板，牛轭头一样的擀面杖，再能干的媳妇也做不出好面。梨木、杏木硬杂木案板，红木檀木擀杖，加上能干的媳妇，你才有可能吃上一碗又细又筋道的舒心面。

面在开水锅里一大开，就捞到老碗里，不要过凉水，浇上辣子醋水，没菜也行，却少不了两瓣紫皮大蒜。一口蒜辣得龇牙豁嘴，钻心裂肺；一口面，酸辣过瘾。娃他爹“一碗黏面喜气洋洋，没有辣子嘟嘟囔囔”。

∾

三拌汤

舀一碗凉水抓一把干面，用筷子搅匀，倒进开水锅里烧开，清拌汤就好了，要稀要稠随个人。但既然是清拌汤，从上到下锅面锅底就不能出现面疙瘩，这就是手艺。“三碗面汤，顶一碗拌汤”，你放心喝。

水一点点地淋到干面里，刚刚能把面拌湿，再叉开五指细细地搓，直到面粉变成一个个像米粒一样的面疙瘩，下到开水锅里，面丝拌汤就好了。面疙瘩不大不小，一个像一个，筋道有嚼头；汤不稀不稠，这就是一碗好面丝拌汤。要是人急失手了，水一下倒多了，那一团面就成了软软的几片软面疙瘩，再搓也搓不开，面丝拌汤就成了面疙瘩汤。

清拌汤要是稠一些，或者在清拌汤里再搅上干面，熟了就是搅团。“搅团要好，三百六十搅”，不论男人女人，你有多大气力尽管使。要是土灶上是二尺八的黑老锅，可以拿给牲口拌料的“丫”字料杈在手里搅一下锅里顶两下，中间支在锅沿上，既省力又不担心搅翻锅。搅团要顺着一个方向搅，看软硬兑水。有个傻女子搅搅团，一阵喊叫：“娘，娘，水多了软得很了怎么办?”“你不会往里掺干面?”“娘，娘，现在又硬得很了怎么办?”“你掺水啊!”“娘，娘，水多又软了……娘，娘，锅满了。”“要不是棉袄把我翻到里面了，看我不打死你。”他爹在后院喊：“要不是烟囱把我垒到里面了，我把你娘俩打一顿。”……搅团的软硬，和翻棉袄、垒烟囱一样，都要技术。

锅里兑适量的水，盖上锅盖，等你调好辣子蒜水，焯好绿菜，鼻子里窜进了一丝焦煳味，一锅面糊糊就叫“搅团”了。热搅团用碗盛了，上面放一团焯过水的菠菜、油菜之类的绿菜，再浇入油泼辣子酸辣蒜水，就叫“水围城”。热搅团用指头蛋大小带眼的竹子笊篱、漏勺漏下来，一个个像蝌蚪、小鱼，俗话叫“搅团鱼鱼”。凉水泼过，拌上调和，热天“吸溜吸溜”一碗，又凉又过瘾。热搅团摊在案板、茶盘上晾凉，切成块或条入盘，浇上油泼辣子酸醋蒜水，叫“凉调搅团”。冷搅团第二天切成块或条，放在水里烧开煎煮，叫“煎搅团”。

新磨的玉米面打搅团最为正宗，做出来的搅团滑溜。搅团也可以用洋芋做，武都的洋芋搅团就是省内闻名的。在武都的街上，能看见男人端来满满一盆煮好剥了麻皮的洋芋，倒在牛槽一样的木槽里，光着膀子，抡起打胡基（土坯）的木咕嘟，和着街道上高扬的黄土，直把洋芋捶砸得黏黏面面的，不见一个指头蛋大的疙瘩。女人把砸好的洋芋剜到碗里，调上辣子蒜水，这就是一碗洋芋搅团。他们的摊子前生意好得不得了。洋芋搅团非得有力气的能扛起粮食桩子的男人才能做得好。

∾

母亲唱着《瞎老婆》：“香椿树，招雀雀，他爸娶了个瞎（坏）老婆。脚擀面手烧锅，奶头嘴嘴砸调和，尻子蛋蛋研馍馍……儿啊，你要娶个好媳妇才能享福。”

少年说：“娘，我知道。”

母亲说：“从前，有个孝顺媳妇。她给有钱人家做饭，每次和完面后不洗手，回家再用手上粘的面给婆婆做一碗拌汤，饥馑年月救了婆婆的命。老天爷知道后，就让这个儿子中了状元，媳妇跟着大富大贵。儿啊，你要娶个心善的好媳妇才不受罪。”

少年举着撕扯不掉絮絮索索的面手说：“娘，我用手上的面给你做一碗拌汤！”

母亲说：“从前，还有个媳妇，每次做米汤都给婆婆舀得稠稠的，自己和娃娃都喝稀的。但婆婆还是先殁了。老天爷怪罪，让雷击死了媳妇。你说为了啥?”

少年说：“我不知道。娘你说。”

母亲说：“我的瓜娃啊！人不是老话说：喝汤汤，长胖胖。米汤上面的清汤带油有营养，下面干的没营养，她是把婆婆饿死了！这样的媳妇是心诚的傻媳妇，她好心没做成好事，你不能要。儿啊，你要娶一个聪明能干的媳妇才能有好日子。”

少年说：“娘，咱以后喝米汤，我给你专门舀上面清的，我吃稠的!!”

摇椿树

~

谁相信如今身高八尺的我曾在除夕晚上被母亲使唤去“摇椿树”？摇椿树，那可是个子矮、担心长不高的娃娃们才干的事。但这是事实。

小时候我就是小，且不说我最轻的时候只有五斤半。自从上了学，我的座位就一直是第一排，还是边边靠墙的。我的胳膊肘子上，刚开学满是黄土，再后来就少了、没了。不是我的座位换到中间了，而是我早已经把墙上的黄土用衣服擦抹干净，一直擦到了墙里的胡基（土坯）砖头。就连砖头也磨得乌光乌光，几乎能当镜子照。

教室里一嘈杂起来，白头发老汉冲进来就骂：“你们这些人碎鬼大，咋呼起来赛叫驴的，你们这些鸡咕嘟马萨牛铃锁子铁，你们屎爬牛（屎壳郎）哭他娘——两眼墨黑的碎货……”他哪知道，声音里百分之八十或者九十是从后面那些天不怕地不怕的留级生的身体里发出的。声音确实是经过前门缝传出的，但也不能一口咬定就是我们前面的人发出的啊！你要是再这样，我保证还会让你一节课跑三趟厕所。要不，你那暖水瓶里的一把果导片白药就算我白放了。

我坐的第一排，还有垫背第二、三排。就是因为我们个子矮、人小占的地方少，三个人一张桌子；而其他人两个人一张桌子。但我们的学费可是一分没少交，凭什么我们每人只能量着分到一胳膊肘宽的桌子？三人没法同时写作业，为此，我们推推搡搡战争不断。尽管我们的学习成绩不离前三名，而后面那些最不爱做作业的还是白占半个桌子。那些大个子们自习课上不好好做作业、乱糟糟不说，作为学习委员的我去管一管，他们不听，还顶嘴，动不动就会私自离开座位，冲到我面前挥起拳头论理。我好汉不吃眼前亏，把这“血泪仇”暗藏在肚子里，自个儿坐在座位上，怒发冲冠，怒目圆睁，咬牙切齿，主持正义。

还有，我因为个子小，排队总在第一个，从一开始排学号，我不是一号就是二号。老师上课提问叫学号频率最高的往往就是一号、二号。一有人听课，老师就把我当后排的吃货，向我提问：“笼子里有十只脚，你说有几只兔子几只鸡？三角形锯掉一个角，还剩几个角？”

那几年，就是母亲不说，我也会年年在除夕晚上夜深人静、别人睡了二觉想三觉、鼾声连天的时候，死撑着爬出暖暖和和的被窝去摇椿树。我悄悄地摸到白天就选好的、我自己能摇动、长势良好的椿树旁，两手抓住树干，边摇边低声念叨：“椿树椿树你甭长，我长三年你再长。”我知道，这棵椿树不是当年那结满了桑葚、救了白龙转生做了皇帝的汉高祖刘邦、临到冬天封王时由于树叶落光错把椿树当作桑树封了王树的那棵椿树。这棵椿树和其他所有椿树一样，都是冒牌的王树，它时时在长，不会消停一刻。别看它现在秃头秃脑直溜溜的，三年后的这棵椿树，肯定比老碗还粗。三年后我长成什么样子？我不知道，谁也说不准。我念了书，斗大的字也识了几个，知道摇椿树是迷信，但在心里宁愿当它是真的。摇一摇，不管长不长个子，我就是要摇椿树。

我摇着椿树，继续念叨：“椿树椿树你甭长，我长三年你再长。你长长了盖楼房，我长大了娶婆娘。”我知道，这冒牌的王树木质发脆，也因为它是王树，没人敢在盖房时用它。它长得再粗再长也不能上房做梁，只能车开了做板，劈开了烧火。而我，长大了肯定要娶婆娘，管他高不高一定要娶。我要是长得高了，就能想谁娶谁。谁眼睛又大又黑，谁白得像面就娶谁。话说回来，真正要是长不高了，就只能像村里差根筋的货，娶个外地吃洋芋的：娶回来前就是个婆娘，只知道洋芋好吃。现在，我宁愿相信它就是王树。是王树就会显灵！当年能救了皇帝的命，如今还不会帮我长个子吗?

我使出吃奶的劲摇椿树。我摇啊摇，念啊念："椿树椿树你甭长，我长三年你再长。椿树椿树你甭长，你长长了盖楼房，我长大了娶婆娘。"

挪屋

∾

选日不如碰日，阳历是六，农历十三，三六都是我心仪的数字，羊肉也从草原带了过来，趁新鲜，挪屋开火。

本来打算朋友几家坐坐，就着羊肉烧酒，简单暖暖房，不愿劳顿患病的母亲。但在农村长大的我知道，挪屋是件大事，非得和一贯计较风俗礼节的母亲言语一声。要不，儿子悄悄地搬了家，不给老人说，什么意思呢?

早晨开车去接母亲。刚过说好的时间点，母亲就打来电话询问："你要忙不能开车来接我，我就搭火车或者班车自己来，不麻烦你们了。"我赶紧说："马上到马上到。"到了小区门口，看见穿戴整齐的母亲，手里拎着个袋子。母亲说她七点半就在楼下等着了。她一面自责身体不好，我挪屋不能帮上什么忙，一面责怪我前天晚上才给她说今天挪屋，没时间准备东西："发面锅盔来不及烙了，只能买一个凑凑；酵子酵面家里有，都带了；大红的被面也没找见，只找了一截六尺的大红布；其他的零碎都还有，香烛鞭炮、纸张钱粮、五色豆菽、大红辣椒都带了。"

原来的房子里还有点零碎东西，要一并带过去。六楼太高，母亲腿脚不好，我的意思是她就不上去了。她稍作迟疑，说："我还是上去吧。"她仔细地数好香支数目，双手擎着，喘吁吁地爬上楼来，打开炉头，点着香，一边不忘给我念叨："过去农村人家挪屋，得点着火把，从老房把火引到新房。现在住楼房什么都不方便，就只能点香代替一下了！"同时再三叮嘱我："等一会儿进新家门的时候，要端着锅，把锅里的锅盔一下翻过来。我问'翻过了没？'你一定要大声应答'翻过了'，这是寓意人翻身走红运……"

来到新房子楼下，母亲举着香走在前面，我端着锅跟着，锅里放着买来的发面锅盔，妻端着酵面拎着串辣椒随后，依次上楼。进门时，我不忘多年炒菜掂勺积攒的经验，双臂用力上扬，"啪"的一声，锅盔一下翻了过来。母亲后面紧声问："翻过了没？"我立即大声答应："翻过了，大翻特翻了。"妻在后面偷笑。大门上搭上大红布、挂上整串的红辣椒，这是寓意日子红红火火。红布里掉下一沓老人头红票子，这是母亲的心意，新式做法，却是老讲究。

母亲进门直端端地来到厨房，燃香举过头顶，虔诚地对着灶火稽首三拜，低声念着："灶神老爷请到家，保佑我全家平平安安、光光圆圆、红红火火……"撮把米在灶台上，插上老房子引来的燃香，两边点着一对红烛。随后，母亲又吃力地在餐厅、客厅、各个卧室，东南西北四个方位用烧纸工工整整地摆上八卦的样子。常年的病魔使得母亲全身关节都不好，弯不下腰曲不了腿，她左胳膊垫在半弯着的左腿上，右腿僵直地伸着，半弯着腰，脸涨得通红，嘴里继续念念有词。刚摆弄念叨完，又一一收拾起来，归置到预先准备好的搪瓷脸盆里，一张张烧化。我知道，这些做法叫"安土"。过去在农村，建新房非得动土，挪屋时烧点纸钱，是对土地表示敬意。母亲虔诚地摆弄，使房子一下有了烟火的味道！

新房还要"打煞"：五色豆子和沙子和在一起，在每间房里打撒打撒，意思是驱除房子里的"邪气"。房间狭小局促，母亲便不能像农村挪屋时那样满把五谷豆子伸胳膊扬手，只能在每间房子的角角落落象征性地甩甩撒撒，但一招一式，还是守着老样。新房里外还要嘣一嘣，母亲嘱咐我在每间房子、每个方位点着六只鞭炮，响动响动。房间搬来的衣物、杂物还没归置好，我把鞭炮放在铁桶里点燃。绑在一起的六只鞭炮点燃了，有的发出很大的一声响爆，有的“噼里啪啦”连响了几声。楼下朋友道贺的鞭炮“噼噼啪啪”，大人娃娃出出进进，房里房外一下子热乎了起来！

看见来了这么多人，母亲很是高兴，念叨说：“挪屋时大门要敞开，屋子里的灯要全部打开，让房子敞亮。来的人越多越好，让来的人在每个房子里转转看看，这就相当于过去的‘躟院’了。大人娃娃把新屋的角角落落都躟到，屋里也就‘踏实’安稳了！你记得不？你还小，我们在老家挪屋时，队里那么多的人都来了，多红火！我撒了那么多的糖果，逗引得人可把院里都躟到、躟好了。还有，咱们从老屋用梯子抬过来的一大锅臊子面，我烙的一拃厚那么大的锅盔，都让来躟院的大人娃娃吃完了。都吃完了就好，喜气！你记着，等会在酵面里兑上点干面，发一发，等面发起来，蒸一笼暄暄的馍馍……”

切开锅盔，热腾腾的羊肉端上桌，新房正式开火了！

送病

过去在农村，手脚身上划伤出血，要是在野外就用刺节草揉挤出绿汁液抹一抹，或者找点干净、干燥的黄土搽搽。要是在家里院落，伤口小，撕一点火柴纸盒外侧摩擦火柴起火的磷纸粘上就行；出血多了，找点蜘蛛网敷在伤口上，一两天伤口不知不觉也就好了。弟弟两岁时滑倒在院里玉米棒子堆上，上眼皮在墙角的砖上磕出了半寸长的血口子，就是母亲顺手从房檐下粘蜘蛛网敷在伤口上的，只不过好了后，受过伤的眼皮仍然有点向下耷，但不仔细看，看不出他的眼睛一只略大一只略小。头疼脑热了，上大队医疗室买上一两毛钱的黄白药片，炕上躺一躺，一两天不上学就是好事。大人买药时拐到大队代销店花一毛钱买十颗水果糖，或者买几块饼干，那就算享福得很了。要是谁挂吊针、住院了，那就厉害得不行，是大病了。不像现在，感冒挂吊针花个千儿八百是稀松平常事。我小时候隔三岔五能吃个鸡蛋，身壮体胖，喜好喝糖水但不吃水果糖，也不稀罕饼干，偶尔感冒发烧，母亲“送一送”好像就管用。

“送一送”就是“送病”，是农村带点迷信的治头疼脑热的土方法。用这方法的原因是人们认为招了病的人是被先人鬼魂或者其他不干净的东西“问候”了，一碗清水，三根筷子，几张纸钱，些许馍渣咸盐就可以“送病”。头朝门口平躺在炕上，置放一碗清水在头侧，“送病”的人手执三根筷子，两端蘸些水，在招了病的人身上绕来绕去，口中念念有词的同时试着把筷子立在碗中。要是口里念到谁时筷子立住了，表示是这个人的鬼魂在招了病的人身上作祟。筷子在碗中央立稳后，再烧点纸钱、掐几指甲馍馍放到碗里，然后用准备好的刀或者扫炕笤帚，一下把招惹了鬼魂的筷子从炕边打到门口，蘸上碗里的灰水在招了病的人额头、手心、脚心抹三抹，拽好被子让其睡觉出汗，把“送病”水端到大门外向西走七步泼出去，“送”走恶鬼，“送病”就结束了。“送病”的人念词大同小异，把三根筷子稳稳立在水碗中是技术，不容易，往往要多次在筷子两头蘸水，耗时最长。“送病”时闲人要回避。如果“送病”之时恰巧有人去这家串门子，碰个正着，被人家把那野鬼筷子打在身上，那就预示着这个人将招祸上身。

母亲“送病”是从吃素信佛的外婆那里学下的，她的动作招式有板有眼，言语念词缓急有度，也能很快把筷子稳稳立在水中，很有效果。“送病”时母亲一脸虔诚，先拿筷子在身上顺绕三圈再倒绕三圈，口中念词自问自答，宛转悠扬，韵律舒缓：“送啥哩？送病哩。送散没？送散了。”“头上送，头上轻，脚上送，脚上轻，浑身上下一齐送，十字路上插灯笼。”“送啥哩？送病哩。病呢？送散了，不见了，不犯了。”筷子上的凉水滴到脸上凉飕飕的，舔到嘴里甜丝丝的。

待到在碗中立筷子时，回头念叨的母亲又像在哄人：“是碰上了他死去的爷爷了还是碰上死去的婆婆了？请你站住……是他五婆吧，要不是他六爷，要不就是他七娘……你来了，我给你钱管你吃，保管有你的吃、你的喝。是不是你？你先站下！”筷子立不住，两头蘸上水，再立，继续念叨，“是村头张家四爷问叨吗？还是茅草鬼？还是孤魂野鬼？不管你是谁，你立住哦，哦！”躺着的我有时忍不住会动弹、偷笑，往往会招致母亲的白眼和轻声呵斥。

当三根筷子稳稳立在水碗中央时，此时母亲变脸最快，像换了个人。

她的话语腔调变得厉声厉气：“你也不看你是谁，你都走（死）了几年了，还敢问候我们?”“我给你吃、供你喝，你来了不会先去找有钱有势的人家去!”“你要下次再敢来，再敢缠我娃，小心着，我会给你准备上铡刀刃片。”说时迟那时快，母亲会突然操起准备好的菜刀，猛地向立着的筷子砍去，就像打的是看得见摸得着的鬼鬼神神。筷子“噼里啪啦”一下从炕边散乱到门口，有时木筷子还能被砍断甩折，可见母亲对缠身的鬼魂有多憎恶。

在农村缺粮没钱的年代，“送病”被拿来当作治病的方法，主要是因为不用花钱。另外要寻治好病的科学解释，那就是病人或者大人的心理暗示作用。但我想，主要应该是母亲的真心虔诚感动了上苍，是母亲殷殷舐犊深情让我们远离了病魔。或许，我们本身就没有病，只不过想在炕上躺一躺，想多看几眼母亲，多听几句母亲的念叨。

丢板

小时候常玩丢板铲钱的游戏，过了三十多年还历历在目。

三五个人不嫌少，七八个人不嫌多，平坦的碾场上也好，门前的空地上也行，只要有个手掌大的圆铁板，有一分两分钱，就能玩丢板铲钱。先在地上挖一个锥形的小坑，叫“窝”。每人拿出相同数量的钢镚，放入“窝”中。在离“窝”十米八米的地方画一条线，所有人站在线外，向“窝”里丢（投掷）板。要是谁的板投进了“窝”，谁就可以先拿走“窝”里的一个钱（也可以在游戏前规定全部拿走“窝”里的钱）。后面投的板砸中了前面的，叫“响元”；后面的板离前面的很近，最大距离是后面的人用手掌放在中间能挨上两个板，叫“示”。这两种情况，前面丢板的人都要给后面丢板的人一个钱。后面丢的板距离前面的板较远，一拃的两个指头能挨上两个板，这就叫给对方“拃”上了，后面丢板的人也要给前面丢板的人一个钱。等所有的人丢完了，以“窝”为中心画个圆圈，按照铁板离“窝”的距离，近的人在先，其他人依次，用板铲砸“窝”里的钱。“窝”边的线也能影响游戏的难度。要是把线划得离“窝”沿近，钱就容易被铲出线外，要是线划得离“窝”一米远，肯定没人能一次就把钱铲出线外，三次五次，难度自然就增加了。钱被谁铲出了“窝”边画的线，钱就归谁。前面铲钱的人也可以直接把板丢进“窝”里压住钱，要是后面所有人都没能把他的板铲出“窝”，“窝”里的钱就都归他；要是有人把他的板铲出了“窝”，那他就得赔给对方一个钱，然后把板扔“窝”里让后面的人继续铲，直到铲板的人一轮过后，他才可以选择是继续用板压钱还是从“窝”里拿出板按顺序铲“窝”里的钱。“窝”里的钱铲完，游戏结束，再开始新的一轮。

这个游戏里，考验人的一个是投掷的准头，再一个就是铲钱时的技巧。用铁板铲钱，要在锥形的“窝”里砸向对方铁板或者钱的棱角下部，才有可能把对方的钱铲出“窝”。水平高的，一板铲下去，连抄带端，几个钱可以同时被带出“窝”。水平不行的，光是把钱砸得坑坑褶褶，就是出不了“窝”。

一面明亮光滑的铁板能在土地上多滑行一段距离，丢板时瞄准窝的方向，让板溜进“窝”里比直接把板丢进“窝”里的机会大；还有，铲钱时铁板光了容易从窝里滑出来，顺便带出钱。所以，有人就把铁板装在身上，坠着衣服兜兜好像吊着的一颗驴卵蛋，跑起来碰磕拍打着皮肉。但凡碰上路边的石碌碡方便时就掏出来磨两下，没事时找个瓦片吐口唾沫锃几下，磨得光鉴照人，好在下次赢人。

强哥长着一双宽大厚实的肥手，有时候两个铁板离得近了，别人想给他“拃”上，他却给别人“示”上了。强哥还有个厉害铁板，下面磨得光滑锃亮，上面鳖盖一样没有棱角，只要它趴在“窝”里，别的铁板就不容易铲出它，赢的机会多。傻子也不会一傻到底。大家知道强哥有个鳖盖铁板，下次游戏前，要是强哥参加，就有人退出，也有人反对强哥用鳖盖铁板。也有硬汉扎出癞蛤蟆挨砖头的架势，硬撑着要和强哥或者说鳖盖铁板比个高低。尽管贼娃打官司输得多，但偶尔一次从“窝”里铲出了鳖盖，赢了强哥，那就骄傲、神气了，那会在好长一段时间里成为伙伴们聊天的中心人物。凭着鳖盖铁板和一双肥手这两样优势，强哥在丢板铲钱的游戏里是个真正的强者。

铲钱时，铁对铁，蹦出来的铁板就有可能砸中观看的伙伴，有一定危险。多年后，赢没赢钱早已记不得，当年当作宝贝的铁板也不知扔到哪里的爪哇国了，但那一次铁板飞起来，打在了那谁的头上、腿上，把谁腿砸肿了，把谁头打出了血，和小时候的伙伴聊起来，都记得清清楚楚。

和二十三年未见的小时玩伴伙爷勇谈起了丢板铲钱游戏，记之，念之。

饭场

农村人没食堂，没个固定的吃饭场地。自己家的饭食要是简单，蹴在厨房三嘴两口就完事；三夏大忙、秋收秋种为了赶时间，不管在地头还是家里，扒拉着填饱肚子上工要紧；天冷了，缩在自家的热炕上，一碗干面两碗糊汤，嘴里嚼着，两只手还能倒腾着压在屁股下面，让烙腾腾的炕席暖着。要是天热，人闲，就能把饭端到庄门外头，边吃边谝，吃饭的地方就叫“饭场”。二八月要晒太阳，饭场那就是油坊门前的洋灰晒场；六七月三伏天，要寻有荫凉的地方，那就是村里保管处门前的百年青槐树下。农村饭场是男人们的世界，妇女女娃不能上。

饭场有大有小，谁出来得早，蹲在自家门前，三五个人一围就是个小饭场。人闲没事天气好，不管是乘凉还是晒太阳，人撵人先先后后都聚在晒场上，二三十人就凑成了个大饭场。

饭场里没桌没板凳，蹴下的多；要是旁边能有个砖头瓦块，也有垫在屁股下面的；地上要是干燥，脱一只鞋、扯一把麦草、放倒一捆玉米秆垫在屁股下也行。到饭场吃饭不比家里，门里门外一次次添饭泼烦。上饭场的人一般端的是家里最大的老碗，或者搪瓷盆子，添一遍饭就解决问题。

早些年，饭场人碗里都是稀的，手里的馍馍也带着颜色：全黄的、黄白夹杂的、黄红夹杂的。黄的是玉米面，红的是高粱面，白的是麦面，全白麦面的没几个。但饭场里一样的食菜也多少有些差别：有人的面筷子头离碗二尺了，一头还在碗里，是不是酸辣别人尝不到，但筷子头一挑，细筋亮的样子还是有目共睹，绿的绿、红的红，亮闪闪的，一看这就是应了俗话：打倒的媳妇揉倒的面。相反，有人的面就是一碗面疙瘩上不了筷子。一样的萝卜，有人碟子里的针一样细长，一根像一根，红萝卜丝丝里调几根白生生的葱丝，白萝卜丝丝里调几根红辣椒丝，红的配绿的，白的搭红的，不说盐醋调和如何，光看到样子，就能让人淌涎水。有人碗里的萝卜就是板凳腿，檩子粗的，木楔样的，一堆柴火，只能让人想起牛槽里拌的干草节节。五爷家的媳妇更是厉害，早些年工作队的人来吃派饭，她硬是把一样玉米做成了三样饭：前一天做的搅团放凉，切成条拌上辣子蒜水，筋道、光亮得像凉粉一样，算是一道菜；碗里端着的是稀玉米糁饭，一拃厚的玉米面发糕是主食也是点心。主人客人互相让着：“你吃，就着吃！你喝，锅里还多着哩！你吃干的。一样一样！”可不是嘛，一样的都是玉米。

饭场不仅光是解决肚皮问题，还是人和人交流的好去处，所以，饭场吃饭添香增味，人也精神。一个个边吃边胡侃，国里国外，家长里短，七嘴八舌，你褒我贬，没大没小，很是热闹。

穿得干干净净、留着白沙沙的山羊胡子的三爷前几年当过贫协主席，为人正直，老婆和儿媳妇整治得一手好饭。他老人家左手端着个菜碟子，菜碟子上架着筷子，筷子上担着一两片溜好的馍馍，右手是一白瓷老碗，迈着八字步，一步一步不急不缓地进饭场，像极了戏台上的官爷上场，就差锣鼓点子敲着了。进了饭场，三爷有固定的地方，人人都知道。三爷坐定，一般不走动，不论稀的稠的，都是一碗。

五爷家曾经是富农，过去家底厚、规矩多。两个儿子和五爷尽管会一起到饭场吃饭，但只有五爷有菜碟子，两个儿子没有，他俩也不会到五爷的碟子里夹菜。小儿子更是留心，一面自己往嘴里扒拉着，一面斜睨着老子的碗，只要五爷仰头喝完最后一口，就立马到了五爷跟前，不管是添饭还是收碗，不用五爷多说一个字、多使一个眼神。

仁义家的就不一样。老子早些年帮着土匪提包袱，自己差点也入了匪窝。分社时分了些大户的浮财，不是自己下力气挣下的也就不爱好，本身就不会使唤：几根檩条椽头一个雨水过后就变了色，后来不知是当柴火进了灶膛还是做了猪圈门，好好的梨木条案供桌自家没地方放着供先人，东家串西家借不知住在了谁家。一家住的还是一间半有墙没泥、有椽没瓦的土坯房，一窝里公的母的滚着不知大小，三个儿子如狼似虎没人敢惹。老子仁义吃完饭，碗空了喊得全场人都知道要添饭，但三个儿子一个装着比一个眼瞎耳聋，最后非得老子起身追赶打骂，才有一个不情愿的嘟囔着敲着碗磨蹭着往家去。他们爷们几个的打闹成为饭场一景，往往惹得饭场的人们笑声连天。

黑子摸着他耳根痦子上的三根黑毛，老是爱逗引娃娃。娃娃端着饭菜呢，他朝东面一指："看，你妈来了！"娃娃一回头，他的筷子飞快地伸到娃娃碗里，一筷头菜就到了他的嘴子。娃娃回头一看他妈没来，再回头吃饭碗里的菜又少了，正要咧嘴叫唤，他赶紧哄说："又不是我吃了。你看又没在我的碗里。好了，我的菜，给你给你。你要是再哭着叫唤，小心你碗里的菜又被天上的黑老鸹抓走。"说着又连忙把自己碗里的菜多多地夹给娃娃。往往是连吓唬带逗引，娃娃脸上的眼泪还没干，又破涕为笑。他还会板起脸呵斥准备在饭场撒尿的娃娃，要他们用吃饭的碗碗把尿接住，要不然会割了小鸡鸡。就是为了等着看娃娃吓得用碗接了尿，招来大家的笑声，也招来娃娃家大人追打嬉闹。他兜里有了个水果糖、花生等好吃的也会省着自己不吃，看着个娃娃，两步冲上去，问："你把你爹叫啥哩？""爹。""重说。""哥。""哈哈！这个糖是你的。"这样的把戏演得多了，娃娃看着他就躲着跑远了，但他好的就是这一乐。

强子老是斜披着衣衫，边走边拌边往嘴里塞，赶走到饭场，几乎就见了碗底。要不就是一根筷子上穿两个馍馍，边走边偏着头转着圈啃，就像驴啃拴桩一样。饭两口吃完，他就开始唾沫乱溅地演说，谁家媳妇屁股大奶头小，谁家的馍馍白谁家的面长……他在饭场，不是为吃饭，就是来甩唾沫表演的。

愣子的媳妇是从外面花钱买的，不会擀面光会煮疙瘩，什么洋芋、红薯、红萝卜、豆子，和着米面都是一锅煮，糊里糊涂的。早晨的面拌汤、玉米珍子散饭都“吸溜吸溜”地吸不用说，就是一样的面也不见他从碗里能捞起一根，只管嘴对着碗沿稀里胡拉地一顿吸溜。愣子进饭场冬夏长年都是趿拉着鞋，脚下“吧嗒吧嗒”打着拍子，吃饭时间里总见他饭场、家里来来回回，不停闲地添饭。有人忍不住会吆喝：“愣子，你还不如把你屋里的锅端来算了，看把你忙的！”

生娃家的娃娃多，他来饭场老是比较迟，来了只能靠着边边落落蹴下。一次吃完饭，要站起来时脚下一滑，原来蹴的竟是粪堆边上，脚下踩了人的污物，于是一边干土上蹭磨鞋底，一边嘟囔：“怪不得一碗饭吃得老泛硫黄氨气味！”

平娃的三岁儿子颠颠地跑来，喊道：“爹，爹，我娘问你，还喙不喙，她要洗你的食盆呢！”方言里，猪吃食叫“喙”，“食盆”就特指猪食盆。全场人哈哈大笑，儿子莫名其妙，饭场就散了。

要是地里活紧，饭都吃得差不多了，队长也会出来说两句，今天哪个锄地、哪个拉土、哪个起牲口圈，做一些指派。

早些年，饭场里能端菜碟子的人不多，就是那几个年龄大、威望高、家里和睦孝顺的老人，菜也就是一般的凉拌萝卜丝、灰条、晒干的油菜叶。后来差不多人人都能端个盘子，白菜粉条肉能看见厚厚的肉片盖在菜上，而不像过去一片肉压在碗底，鸡蛋韭菜黄灿灿的，韭菜成了配菜，菜样样式式。

再后来，承包到户了，经济搞活了，人人都忙着向“钱”看，记不起什么时间饭场就从人眼里消失了！

现在，一提起饭场，要不是特别说明是农村的饭场，还以为是扒圆桌，有酒有菜，一次能糟蹋一头牛的饭局。饭局是人有事没事有意用心招呼的，饭场是人不自觉无意识凑成的。饭场场地开阔、敞亮，人在饭场里吃饭，不管碗里有肉没肉，吃得自然舒坦，单这一点，现在的饭局当然没法比。

太阳好、闲散消停的日子，还想寻个饭场，找个背风能晒暖暖的地方，靠着墙根，有麦草堆玉米秆簇簇最好，蹴下吃一碗黏干面，眯眼等下一顿！

依稀那人

鸡蛋娃

小时候在农村，鸡蛋金贵。大人攒下鸡蛋换了钱，能扯布拉线买盐换醋干正经事，小孩偷个鸡蛋能换两三个西红柿喝一碗豆花解嘴馋。连做梦，都是队里麦草摞子上一窝没人收的鸡蛋，能收满满一篮子。做了鸡蛋梦，往往兴冲冲地一睁眼就述说，但大人往往“呸呸呸”，说梦见鸡蛋不是好梦：鸡蛋容易打碎、下双黄蛋能把老母鸡挣死。夜里梦见了鸡蛋，白天人和人容易争口舌、生是非。我只记得，做了鸡蛋梦，不仅梦里高兴，有时第二天还会在路上捡个一分两分的钢镚；但有时也会在课堂上被提问而答不上来，被老师罚站；有时会和伙伴铁哥们言语不合争得面红耳赤，不是两人小拇指勾勾，而是大拇指杠杠，发誓永不说话。看来，鸡蛋梦灵验不灵验也说不准。

隔三岔五，母亲会在早晨给我用开水冲个鸡蛋、蒸个鸡蛋羹，加营养兼解馋。冲鸡蛋时，先把碗放到温水里坐热，再磕上一个鸡蛋，筷子打得散散的，用刚开锅的滚水绕着冲两圈，鸡蛋花絮絮的，也不会出现蛋清冲不熟的情况，再加半勺白糖调化，一碗冲鸡蛋就成了。喝起来又甜又香，没有一点蛋腥。要是饭简单，前锅做饭，后锅闲着，母亲会把冲好的鸡蛋坐在后锅温水里，“咕嘟咕嘟”一阵，冲鸡蛋就会变成鸡蛋羹，嫩嫩的像豆花。吃完鸡蛋羹，粘在洋瓷碗底的鸡蛋一点点用勺子刮下，就是一条条细小的蛋卷，很是筋道。麦穗把子的铝勺刮在洋瓷碗底“滋滋”作响，母亲听见会白眼制止，言语几声：“你这是叫花要吃的、来人了铲锅，缺礼少教；叫花死了七天、嘴张了八天。你八辈子没吃过，也不能这样现世丢人现眼。”

就这我还不满足，还要偷喝生鸡蛋。盯着钻进鸡窝里的芦花老母鸡，看着它卧着卧着站了起来，撑着翅膀，老脸挣得通红。还没等它喘口气离窝，“咯哒咯咯哒”地向大人报喜，我的手里已经多了一个热乎乎的鸡蛋。拿它先在两眼上滚一滚，然后才磕破下肚。按老人们的说法，鸡刚下的热鸡蛋能使老人娃娃眼睛亮豁。早先几次害怕挨大人骂，就在鸡蛋壳上抠个指头蛋大的眼眼，摇一摇、掏一掏，蛋清蛋黄下了肚，再把看起来完好的鸡蛋壳放回鸡窝里。后来在堂姐堂哥的撺掇下，会偷偷收了自家的鸡蛋，打碎在碗碗里，一口喝下去。蛋黄不搅碎喝下去噎人，但要的就是别人没机会也不敢喝生鸡蛋，耍那一丁点豪气威风，过瘾！蛋黄搅碎了不好看，但加一勺尖白糖，就甜丝丝凉飕飕的，爽极了。

鸡蛋喝完，把空蛋壳眼眼朝下放回鸡窝。大人听到鸡叫声，赶到鸡窝边，摸出来的鸡蛋是个空壳，会不明其理地骂芦花老母鸡越老越馋，毛病越多，连自己下的蛋都偷着啄吃。婆婆听媳妇骂骂叨叨，言语里还有老、馋的字眼，以为是媳妇嫌自己老了不中用，两人免不了着气争吵。空鸡蛋壳哄人的把戏在自家不灵了，在外面还能试验。麦草摞子边角上、玉米秆簇簇下，自己掏出个鸡下蛋的窝，放上空蛋壳，远远看着别人拾鸡蛋上当。这类把戏，大人一眼就能看透，如癞蛤蟆打哈欠——能看到屁眼门。游戏本身也往往虎头蛇尾，像猴子掰苞谷，花了老多的时间做假窝放空蛋壳，一玩其他的游戏，早就把放空蛋壳的事忘了。有没有人拾空鸡蛋壳上当空欢喜，早记不清了。

由此，“鸡蛋娃”成了我的外号。大人娃娃都叫，村里人不知道我在学校的官名。

关于鸡蛋，还有达芬·奇画鸡蛋、哥伦布立鸡蛋、鸡蛋和石头棉花的故事。这些拿小鸡蛋寓意大道理的，都是在激励人，启人心智。听了村上春树“高墙与鸡蛋”的演说：“我们每一个人都或多或少分别是一个鸡蛋，是具有无可替代的灵魂和包拢它的脆弱外壳的鸡蛋。”我也思忖，从小和鸡蛋亲近的我，现在应该还是一颗鸡蛋吧！

那双小脚

外婆端坐在炕上，满头的白发不乱也不算整齐光亮，我们不知道说些什么……多少次，她老人家和我们这些外孙、家孙在一起，热热闹闹、真真切切。外婆活了八十四岁，已经去世八年了。

外婆是外爷当年用一石麦子换来的。婆家的人还没认全，有一回外婆回娘家，送的人有事先回了，外婆急着回家干活，被娘家哥扶上一匹枣红马，独自往婆家走。尽管是平川，但对于一双三寸金莲来说，也应该算是件难事。就这样，小脚新媳妇二十里路没下马，穿街过巷，上坡下坡，走了半天到了自家门口，邻居家的大叔帮她牵住了马笼头，外婆踮着小脚，踩在大门外立着的石碌碡上，脚着了地。于是，村里庄外的人都知道这家娶了个厉害能干的小脚媳妇。这事过后五十年的一天，外婆还给我们这些家孙、外孙说她作为新媳妇一人骑马回婆家的事。现在的我，眼前还浮现着外婆那个自豪兴奋劲，以及她善意而不屑的揶揄：“你们这些屁崽子，只知道骑自家后院的老母猪，这辈子就别说骑马了！”

外婆一辈子生了十一个孩子，长大成人的只有六个，前面五个生下来都没成活。用外婆的话说，他们是上辈子欠下天爷王母娘娘的，被人家早早收走了，也是自己命里欠的。大姨是外婆第一个长成人的孩子。外婆说，大姨一生下来就不会吃奶，“哦哦”只是个哭。从月子里就给她喝着纱布滤过的面糊糊，外爷裹在羊皮袄里昼夜抱着，总算出了满月，活了下来。接下来就是大舅、二姨、二舅……五个子女都顺顺当当的。四十八岁，外婆又生下比大姨家的姑娘还小一岁的小舅。听说一两岁的小舅聪明俊俏、人见人爱；两岁过了，同龄的小孩都小跑了，小舅还站不起来，口齿伶俐喊叔叫婶地在大门外的土地泥滩上爬来爬去、混吃混喝。外婆的心可没放下过：“这个一辈子可能都站不起来的软软（软骨症）儿子又是什么孽债呢?”哪里想到，五岁后的一天，小舅站起来了、跑起来了。我这外甥眼中的小舅，竟是村里难得几个能举起石碾子的壮汉、红白事的总管、分家和事的主持。就这样，三子三女都长成人。在生养孩子方面，外婆算是那个年代的一般人。

在子女教育上，外婆是说了算的。重男轻女的传统观念，不仅要居于社会统治地位的男子在理论上宣扬维护，要落到实处、执行得彻底，说明白了还得靠持家的女人们。在外婆眼里，男儿才算子，在家里顶门立户；女儿早晚要嫁出去，是别人家的。所以，在上学教育方面，外婆供儿不供女。男娃只要愿意上学的，初小、高小都尽量上。大舅二舅念了书出外当了工人，小舅自己不愿上学但也是初小毕业。实际上，舅舅们除上学外，推磨、放羊，拉土、垫圈活也不轻省，一样也闲不下。听说十五岁的二舅赶天亮前就要从瓦窑口担起百十斤当肥用的窑土，爬上二十米超过六十度的坡，到半里以外的耕地上跑三趟，然后才去上学。这样干七天，他能挣一个一毛多钱的工分。

外婆不主张女娃上学。小孩子哪懂上学识字的意义，不上学才落得个日常闲散，野地里玩个自在。所以，我母亲姊妹仨斗大的字不识一箩筐。她们从小纺线、织布，洗衣、做饭，拔猪草、挖野菜，家里女人该干的活一样接一样，永远干不完。

在习惯养成上，外婆也有一套家法。十来岁的小舅不知犯了什么错，怕挨打偷偷跑到邻村已出嫁的大姐家住了一晚上。第二天回来后，外婆没言语他。小舅暗自窃喜，高高兴兴玩了一天，早早爬上炕睡了。哪知道，外婆已暗暗用水泡好麻绳。半夜，安顿好了家里的事，外婆把湿麻绳挽成拳头大的疙瘩，撩起被子就朝小舅的光屁股上连着打。小舅哭天喊地地喊叫，求饶声惊得三邻五舍没有不起来看是非的。被关在门外的外爷只能无奈地隔窗喊："你打，是你身上掉下的肉，你不心疼，你打死算了！"从此以后，没有哪个孩子出门不给外婆言语一声就走的。

在外地工作成家、已经三十多岁的大舅，在村口和人聊天吸烟，远远看见外婆来了，急得赶紧捏灭了烟头，手被烫得起了燎泡。外婆到了跟前没说什么。回到家，大舅怯怯地赔着不是，说："我平时不吃烟的，队长在跟前，我给人家让了根烟。他说我也上班了，大人了，吃一支，我才点上的。"外婆不卑不亢淡淡地说："也是，你是有家有工作的人，随你吧！"从那以后，别人再没见大舅抽过烟。

成年的舅舅们干活做人都拿得起放得下，一言一行，待人办事，叔伯兄弟无人能及。嫁到婆家的母亲姊妹们个个持家有方，里外一把手，妯娌也没人赶得上。在教育子女的问题上，识文断字男主外，能纺会织女主内，外婆这种传统的观念和教育方法，也有一些现实意义。

我们小时候，走亲戚也是难得的好事之一，除过自己不用拔猪草，还能吃到豆芽炒粉条、臊子面这些好吃的。我们很喜欢去外婆家。

提起去外婆家，母亲随口就哼唱起："外婆在哪里？外婆在哪里？外婆在后院洗她的臭裹脚哩。""什么香，外婆脚。臭臭臭，快取开！"外婆是小脚，雅称"三寸金莲"。不穿鞋的这双小脚，别人轻易看不到，就是上炕，外婆也是坐在炕沿将双脚磕一磕，脱了鞋，盘腿而坐，别人看不见她的脚。越看不上，小时候的我们就越好奇。一次外婆洗脚，我还真看见了外婆光着的小脚。那是怎样的一双脚啊！大小如我们七八岁小孩的脚，脚面弓起，只能看见大脚趾，其他四趾被折断内翻扣在脚心，如笋如菱，白嫩白嫩。关于小脚，听过外婆多次诉说："一双小脚，眼泪一缸。为了这双小脚，可没少受苦。六七岁时被父母强行缠裹，掉了多少眼泪、哭晕多少次，只有自己知道。大人名义上是为了自己子女有个好婚姻，但缠了脚，走路都走不稳，更别说干什么活了。我这双脚，还不是小的。为了一双小脚，周围有的姊妹们四五岁就被强行缠起，脚骨头生生被折断，人疼得受不了，穷的跳井、富的吞金，多的是了。”

为了一双小脚，外婆她们这些女人受了多少罪，我们不知道，只看见外婆的小脚奇怪。二十世纪九十年代，母亲坐班车送颤颤巍巍的外婆和姨婆回家。老姊妹两人的小脚惹得一车人“啧啧”不断。小脚的外婆自己走路不太稳当，有时看见自家的孙女、外孙女上树、翻墙，就呼喊：“你们这些死女子，这么费事不安稳，还不如早早把你们一个个的脚给缠起来，你们就没这么费事了。”为了“美”，为了男人，小脚不知苦了亡了多少女子！这种畸形的审美观造成的小脚，竟至于成了特色，乃至“国粹”。

外爷叔伯弟兄多，家里的男劳力也多，干庄稼活轮不上小脚外婆。但外婆一手好锅灶，全村人都知晓。她能蒸能擀，会纺会织，自家大小十几口人的吃的穿的从来不劳外人。一天两顿饭外，织个两丈布不在话下（免不了鸡叫起床、半夜睡觉）。村人红白喜丧蒸礼馍花馍，少不了她。春夏时节，外婆用荠荠菜、老芹菜沃的浆水酸香酸香的，是全村人浆水的引子。

外婆知道的故事多、讲究多。小时候常听她说：日子如水，要细，细流才不会断；有字的纸不能用来擦屁股，要不然屁股会长疮；小孩子是从河里捞的，也有的是从猴子变来的；清汤凉水不能浪费，糟蹋粮食会遭雷劈的；谁家对老人不孝，儿孙遭了现世报应……外婆在哪儿，哪儿就有听不完的故事。

外婆对人善。别人有求必应，宁可苦些自家人，加点熬夜也不误别人的事。就是对阁楼上夜里跑来跑去吵得人睡不着觉的老鼠，外婆也不会放药、搭夹子，至多学几声“咪咪、咪咪”的猫叫声，口里念叨几声：“鼠儿鼠儿，不要再扰我了。快快睡了，不然不给你食了！”说来也奇怪，大多时候不知是我们早早睡着了，还是老鼠听话了，反正也就没了鼠儿的响动声。有一次更奇，门好窗好，外婆家锅台上一夜间多出了一堆胡萝卜：

这是老鼠从外面谁家拉来报答外婆的。这以后，外婆讲给人的故事中，就又多了人对鼠善、鼠也会对人好的因果报应故事！及长，读了《诗经·魏风·硕鼠》：“硕鼠硕鼠，无食我黍！三岁贯女，莫我肯顾。逝将去女，适彼乐土。”第一感觉就是，这哪是什么阶级怨恨啊，这明明白白就是外婆口里念给鼠儿的祷辞啊！

外婆中年过后信佛吃素。外婆家的素臊子面，一想来还是直流三尺涎水。手擀面有筋弹牙，飘在汤上的油豆腐（冬天晚上将豆腐放在室外，三冻三化，挤干水分，油锅里炸干，切成小小如豆的方块）油滋滋的，口感弹性十足。再加上外婆自己踩醅、拌曲、发酵、家酿的头遍醋，那个臊子汤啊，酸而不蜇舌，香甜无尽，回味悠长。有一次，八岁的表哥连吃了八碗外婆家的臊子面，成了我们多年的笑谈。

多年劳作的习惯，使外婆一点也闲不住。七十岁的外婆忙完家务，农忙时还忍不住到碾场上扬场、晒麦。且不说她力气有多大，能干多少活，单就天边一抹燃烧着的晚霞下，小脚黑衣的外婆头顶白帕子，扬起牛头大的木锨，“唰唰”地在空中划出一道又一道庄稼人的彩虹，就赢得了大人小孩的“啧啧”声。

我们小时候，外婆会经常问我们这些孙辈：“长大了，看不看我？给我拿好吃的不？”我们一个个争着保证：“一定看您，好吃的我吃够了，剩下的全拿给外婆您吃。”她往往呵呵笑着说：“你们这些外家狗，油饼馍馍离层。等你们长大了，我坟头的蒿草早该拿镰刀割了！”

一晃三十年，十八年寒窗，我经历了小学、中学、大学，离家、离乡、出省，学习、就业、成家，离外婆一步步远了。

如今，外婆坟头的蒿草真真绿了黄、黄了绿，一茬又一茬。一年又一年，我又去看过外婆几回呢？

三伯

~

“天义，天义，徐天义，一队的队长徐天义，赶紧到大队来。有事，有急事!”房顶大喇叭里村上的大队长急三火四，吓得炕上的小孩打了个尿颤，吵得人心里发慌。

“天义是啥？把我吓得，我们把他吃了算了!”三岁凤姐的言语，招来满炕女人的笑声。“好啊，我们把那个天义拉住杀了吃了，你说嫽不嫽!”

天义是谁？他就是我三伯，天义是他的官名。凤姐是三伯的小女儿。

三伯不是父亲的亲哥，但我们是一个不出五服的门子（家族）。在父辈中，他排行老三，又比父亲大，所以我们晚辈都叫他“三伯”。同辈的叔伯妯娌，都拿自家的娃娃口吻叫“他三伯”。

按老辈人和面相上的说法，人下巴上的痣是接肉片，长有这样的痣的人福大官大。他下巴正中刚好有颗痣。这颗痣说是黑的，实际上还带点红，并不黑得像贼娃他爹耳朵边带着两根黑毛的恶神痣。但按三伯的说法，他小时候并不那么富贵，相反，过得比别人还要没光景些。

三伯的亲生父亲，我们叫“二爷”，在三伯还不记事的时候就过世了。三伯疯癫的母亲老往外面跑，不知道管娃，不知道回家。大冬天里，三伯穿件薄衫衫，光着脚片子踏着雪花到处寻找母亲，更别说能吃啥用啥了。

后来，赶三伯记事清楚，他已经是光棍三爷的儿子了。三伯这算一门顶了两户。爷俩相依为命，一张席子两人滚，一身棉袄换着穿，一个馍掰开吃，一碗凉水分着喝，融洽得很。更难能可贵的是，连自己都吃了上顿没下顿的三爷，竟然让三伯上了学堂。一年两斗麦子的学费，为天资聪颖的三伯换得了几箩筐的字。三伯学会了写写算算，这为他以后当官、领导全队的人打下了文化基础。

人的聪慧先天里带的多，后天学不来。不像生活经验和社会文化知识，人学得多，知道积累得就多。天生聪慧的三伯言语不多，“望之俨然，即之也温，听其言也厉”，为人正直，在同龄人中有威望。及至成年，因为他根正苗红，在那个讲究出身的年代，队里的贫协主席自然非他莫属。这也应了三伯嘴唇上的福痣。可不是嘛，三伯当了贫协主席，后来是队长。三伯经常到大队去，受到大队长的召见。还有队里的社员在集上亲眼见三伯从公社大门里出来。公社穿四个兜的，不知是社长还是书记啥人，送三伯出门，还请他在集里那家最大的饭店一起吃了碗大肉泡馍。那肉片啊，满满一碗，又肥又厚，还“滋滋”地冒着油呢！

三伯中等个子，在我们眼中很是和蔼，脸上老是笑笑的。大人们眼高，三伯在他们眼里却不那么和气，有时简直就是个雷神爷：作为队长、贫协主席的三伯说一不二，队里大小爷们不敢和他开玩笑，没有听说谁和他顶过嘴。三伯在队里派的活，就是天上下雹子下刀子，你也得干完做好，没二话。要不三伯立马换上一张拉得老长的“驴脸”，能拴个牲口的噘嘴三言两语就把人臊得头埋进裤裆，整个人都想钻进地缝里去。就因为这，我们队里起牲口圈、下涝池捞青泥攒肥、扛粮食桩子这些重体力活，小伙子们都比拼着干，没人哼哧。话又说回来，三伯派活有条理，谷子是谷子糜子是糜子，行清。闷柱力气大但没脑筋，那就多派些拉土拉粪的活；良子心细，又会打算盘，那就管钱、当会计；臭娃是个逛客，干活不老实，但心眼子多，那就让他领一帮子年轻人出门去招揽活、搞副业，能挣钱不吃外人亏；疯子人不疯，就是那一张管不住的嘴让人觉得不正经、不靠谱，谁敢动队里的一棵胡萝卜缨子，准保让他在队里给传三月，那就让他当保管，能管住管紧队里的那些家当……就是队里哪个妇女每月那一两天的假日，三伯也记得清，派活轻重自然拿得准。队里的男女老少，什么样的人干什么活，基本都是力所能及的。这样一来，队里的人闲话就少，三伯的威望自然就更高了。

春夏秋冬，别人树荫下乘凉墙根下晒暖暖，作为队长的三伯还得计谋几时几时的活。过完年天暖和了，地里活少，追肥挑草这点活就是女人、老人的事，壮年男人们正月十六个个都得出门，去搞副业，给队里拿钱回来。夏收三忙，抢种抢收，地里割了麦子、剁了油菜，转身就得点玉米、种豆子、撒高粱、播谷子……就一个月时间，外面搞副业的人都赶回来了，上至八十老下到三岁小，男女老少齐上阵。男人光场碾场、剁油菜割麦子、扶犁撒种；女人们两头跑，地里男人能干的割麦拉车、撒肥播种这些活她们也能干，还要在家里做饭、喂猪喂鸡，男人们不能干也不愿干的活也是她们的。小孩子也不会让闲着，大的带小的，碾场边站岗放哨、防火防盗，地里拾麦穗抱麦捆，推空车，送水送饭……他们也互相比着干活，根本不知道什么是累。丰收的喜悦最能在他们身上找见。

秋忙也是大忙。早晨收了地里的玉米、豆薯等秋物，下午就得种上冬麦。迟一晌半晌，就会影响来年的收成。因此，三伯会安排着老人小孩把饭送到地头，以节省时间。牲口也给加餐，吃煮麦子豌豆干料。秋忙后，天还没有上冻，他一面联系男劳力出门搞创收，一面督促在家的人归置农具，拾掇地垄，拉土起圈。队里饲养处门外垫圈的土堆得像小山。

最了不得的，就是三伯派活不偏亲。他不顾门里门外，按活派人。自己干活也不少出一点力，不见他多拿队里的一把粮食、一分钱，人善心公。一句话，如果说我们队里两百余口男女老少是一群羊、一群鸡，三伯就是羊群里那只长犄角的头羊，鸡群里那只专打鸣的芦花大公鸡。三伯当队长的那几年，我们队里的庄稼活在有七个小队的全大队里都是属一不属二的。地里的东西该绿的比谁家的都绿，该黄的比谁家的都黄；该种的都种着，该收的一粒都没落下。圈里养的牲畜个个膘肥体壮，就连队里三伯亲自养的那只老母猪也知道争气，一年两窝，每窝八个十个地下崽。有一次更是争气，老母猪一早晨里断断续续下了十二个小猪崽。我当时还跑不稳，舌不清，道不清辈分，理不清你我他，也不识数，可能是人生第一次看猪下崽。后来连颠带跑到家，气喘吁吁地给母亲说："我——三伯——厉害得很，今天一早上——下——下了二十个——彘娃子。"母亲后来给三婶多次转述："娃说他三伯下了一窝猪娃，在哪？我们看看。"

到了年终，其他队里的工分折合下来一个劳动（当时在生产队干一天，一个男壮劳力记一个劳动十工分，老年男子七工分，妇女六工分）也就三五毛钱。我们队里的农业、副业收入高，工分折合成钱比别的队高一倍，惹得别的队里的人眼馋极了。

三伯的宣传也搞得好。大忙后的三伏天，人得稍微休息一下，热闹几天。三伯会主持着请个皮影、木偶，有一年还请县剧团唱了一台大戏。演戏那几天，周围三村五社的人都来看戏，队里人招待亲戚朋友。那几天，看戏的看戏，说亲的说亲，闲谝的闲谝，谈生意的谈生意，人们迎来送往，娃娃们跑出跑进，个个脸上挂着油，泛着光，一片红火景象。

三伯是个出色的笼篾匠。买来柳木板、成捆的竹子和丝麻，三伯会早起晚睡，抽空搓麻绳、剖竹子、圆笼上线做笼屉。三伯做的笼屉缝子严实、尺寸准确、经久耐用，用过的人交口称赞，同时这也为家里换得了一些零碎钱。三伯曾经挑起箩担子，从黄土塬到董志塬，以笼篾匠的身份转过乡，挣钱养活了一家人。

三伯做人里外光。在队里三伯是个能人，回到家里三伯还是贤惠人。农村的男子一般不上锅灶，也就是不做饭洗衣。但三伯不一样。虽然没人见过三伯做饭洗衣，但三婶给嘴严实的妯娌们悄悄地说过："三伯和面、擀面一绝，擀的面又薄又长又筋道；做的面丝子拌汤，里面的面丝子均匀得像米粒。"

三伯教子也算有方。刚高考那年，三伯的独子考上了县里的师范学校，成了吃商品粮的人。这在当时可是整个大队里的一件红火事，三伯脸上红光了不少日子。有五个儿子、在队里干活挣工分一顶二的成娃他爹，气得说成娃他娘："猪下一窝毁墙根，龙生一个定乾坤。你看咱下的都是啥？一窝一窝都是㞞；人家就一个，养的啥？龙啊！"

后来生产队解散了，三伯年龄也大了，应该安享天命。他不再担任队长，新式叫法是村民小组组长，但三伯还是紧跟形势，发展搞活，一刻也没闲着，小生意不断。三四月份，连片的油菜花盛开，招来了大批采蜜放蜂人。花败后，放蜂人要走了，蜂蜜得变成现钱，拿上方便。于是，三伯掏出家底，买上千八百斤纯纯的菜花蜂蜜，也不贵，一斤就是一块多。囤到过年前，人也闲了，拉到集市上卖掉，听说价钱能翻一倍两倍，不得不让人咋舌。

三伯还赶集贩卖过猪娃鸡娃，倒卖过粮食，开过醋坊，开过利民小卖铺……诸如此类的事在三伯身上发生得多了，爱在暖暖的墙根晒日头谝闲传的人给三伯送了个外号："钱想疯"。

也许是因为我和三伯亲近，也许是稍大知理些，我对叫这刺耳外号的人，从此以后有种说不出来的鄙视和反感。难道干的不如看的？难道还是越穷越光荣？

三伯无疾而终，终年八十有三，和孟子相当。

满朝八爷

～

一个人辈分实在太高，过了爷爷辈，就都叫“八爷”。满朝八爷就是因为辈分太高，要是正式叫，人人都得叫“八爷”。但又因为他老和队里的人吵架，队里的人就说满朝文武也不能和他争论个输赢，于是，人人就都叫他黏（方言，读rán）满朝。小屁孩不知道满朝是不是他的大名，也像叫其他大人一样，名字加辈分，叫“满朝八爷”。他听见了会翻白眼乱骂。小孩不明其理，越叫得欢。大人听见往往会训说自家小孩不懂礼。实际上满朝八爷有大名，自留地地畔的木橛上、生产队黑板上都不见“满朝”，大人说，那个写着“德昌”的就是他的大名。我在这里叫“满朝八爷”，没有一点其他意味，是顺着大家的叫法，顺口。

解放前，满朝八爷家曾经是村里的大户，但就是人丁不旺。人丁不旺的辈分自然就高。满朝八爷就是他老子从别的地方要来的，根子不是我们本村本族的。一个独子，又是养子，严加管教怕旁人说闲话，所以，满朝八爷从小就被家人娇惯，游手好闲。稍大些他给人当打手，替别人收过账，后来还当过地保，就是不好好务农，名声好不到哪去。先人殁了，家里的地被他今天一点明天一点卖光了，就剩下了个院子还没来得及卖。他没了土地，划成分时不够地主的条件。但瘦死的骆驼比马大，架子还在，他有个顶别人两院大的院子，还有头像驴一样的大牲口——骡子，勉强够得上中农。正好，贫下中农一条心，满朝八爷高兴了：少了批斗不说，也入了“根正苗红”的行列。贫下中农们拿他没办法，只能当他是一条战线的人。

生产队时，给油菜、玉米、谷子之类的作物间苗（拔去弱的、多余的苗），队长说一脚一个苗。大家都严格执行队长的命令，不管三七二十一，正垄行上按距离是那个位置的苗，不管黄的绿的小的大的都留下，不是那个位置的统统拔掉，干得又快又整齐。满朝八爷爱惜庄稼但不会干活，老是舍不得拔去多余的苗；而且，那一段正垄行上少了一棵苗，要是行外旁边有一棵苗他也会留着，要是没有，他还会从别的地方挪一棵补栽上。所以，他间过苗的地里老远看去好似人头上得了秃斑，一片稠一片稀，行垄也不正，歪歪扭扭的。当然，他这样干活手脚也不会快到哪去。别人早在树荫下歇息了，他还大太阳下冒着汗。队长说，他干活行不清。

但你要说行不清，夏收大忙小麦扬场时，下风头清行的活又全是满朝八爷的。行不清，辛辛苦苦打碾下来的粮食就会混到下风头的麦衣子里，可惜。清行的活虽然轻省，但在下风头，要顶着别人扬起飘下来的麦衣子麦芒，尘土渣滓老是灌到眼睛里，衣领、裤腰扎得再严实也会有麦芒扎进去，人受罪得很，还不出粮食。满满的一木锨高高地扬起，落下来就那几粒瘪瘪的，好像干的是无用功。别人在上风头扬场，扬出来的是粮食，粮食比重大，人使的气力当然多，但人干净不受罪，迷眼刺人的麦衣子麦芒都飘到下风头去了。再说，上风头干活出力也能出风头，人人都能看见。满朝八爷一直干的是扬场清行的活，大家“照顾”他，这活轻省。

给玉米谷子起垄加土，满朝八爷往往使的是内力：把锄头深深地掘到地里，轻轻地提起，把下面带墒情的湿土原培在禾苗的根部，外面的干土还是干土，不是行家不仔细看，老远看起来似乎没加多少土，但实际最保墒。其他人大多是轻轻松松地把地表的干土刨到禾苗根下，湿湿的黄土露着，老远看起来就是干过了活，漂亮、中看（但要是天旱，这样的苗木就会缺墒打蔫）。到最后，别人都干完活要散工回家了，满朝八爷一看自己的活还没干完，他就坚持不住了，也学别人。队长来了，到地头检查，一看他干的草草了了，少不了一顿数落。要是他能长记性随大流，下次和大家一样从开始就那么干活，也就不会落后了，但他就是记不住，每次干活都还是这样。怪就怪满朝八爷意志不坚定，要是坚持下来，他就是赢家，就成模范了。这也好，慢慢地大家都知道，不管干啥活，不管自己干得多慢多差，都不用担心名在孙山后，因为有人垫底，那就是满朝八爷。到后来，地里的活只要是不好的，比如草没锄干净，地里一溜子禾苗长势不好，哪个地方少了苗，甚至于人们在路上滑倒在一堆狗屎上……全是满朝八爷干的。

满朝八爷没上过学，他不知道“瓜田不纳履，李下不整冠”。地头掉了的麦穗、玉米棒子，满朝八爷会顺手拾起来，有些交给公家生产队里，有些忘了会拿到家里。之后，队里不管丢了什么，粮食口袋少了一个，油坊的油半夜被人担了两桶……都是满朝八爷干的。

犁地拉土套牲口，别人早早地挑那些温顺的、力气大的牲口，人干活轻松还容易出活。满朝八爷老是不争不抢，最后一个牵出牲口，使唤的当然是别人挑剩下的，不是老弱病残没力气，就是脾性不好、不好驾驭、不老实干活的牲口。于是就老见他和牲口较劲，费了不少事，出了不少力，但不出活。满朝八爷又成为大家的笑话对象。他有时辩白两句：“你们谁能得很，把这个牲口给你套上试试，我就不信谁套上还能比我好到哪去！”没人听他说，没人信他说，更没人傻到把老实好使唤的牲口换给他，大伙儿只是一个劲地嘲弄他，把他调教牲口当戏看。

满朝八爷对土地很是尽心。自家的二分自留地，不管是玉米，还是小麦、谷子、豆子，看起来不成行，乱七八糟的，但苗往往长得黑绿粗壮，棒子穗子结得大，看着喜人！特别是包产到户了，地分给自己家以后，有事没事，不管天阴下雨，他都爱到地里去。但不像别人只在地头转转，或者踩着两家地界的犁沟看看庄稼长势。他往往要到地里来来回回走一走，又怕踩了自家的庄稼，而从距离犁沟一步远的邻家地里走。到后来，不经意看地头的界石，还以为他在邻家地里踩出来的那条路是犁沟界线呢！谁家地邻着他，谁家倒霉：少收半斗麦子。

人们不爱搭理满朝八爷，不仅是他做事和一般人不一样，还因为他是臁疮腿，可能是静脉曲张、皮肤病之类的病吧。他的裤管老是挽得高高的，露着又红又肿的两只小腿，只要一消闲就不停地去挠。每次挠抓就像鸡刨土寻食，狠劲地非把两只腿弄得出血不可，好像那两只腿不是他的，而是哪个仇人的。因此，那两只腿上不是流血，就是大大小小新的旧的血痂没断过，血里呼啦的不忍过眼。也有见他对两只腿好的时候：比如在地头坐下来歇缓时，他会把新鲜干净、没有粪渣的黄土在小腿上轻轻地搓揉；比如给别人干活和泥时，也会把刚和好的黄土泥均匀细心地抹在两只腿上。只是从来没见他抹过药。也许，在他眼里，黄土最干净，也能消炎止痒。要不，鸡咋老爱在黄土里扑棱？猪也爱在泥水里打滚呢？

满朝八爷没有弟兄，他也只有一个儿子。在农村，没有弟兄的人单薄，容易受人欺扰。满朝八爷作为庄稼人又不老实种地，也不会好好种地，其他人更会“另眼”相待。就像一群鸡，虽然在一个笼子里，弱小的也会遭受强壮的钳啄欺负。队里的人有事没事会在言语上挤对满朝八爷；更有厉害调皮的人，光是看着不顺眼就上去给他一拳半脚。人人都偷着打他，更别说因为活干不好，有权有势的队长那些人，有正当理由堂而皇之地打骂他了。蔫骡子也会踢人，满朝八爷当然也会有点反抗，尽管越是反抗，挨的打骂也就越多。于是，满朝八爷天天和人争吵、打闹，变得更多事，成了名副其实的黏人。也有例外的，当贫协主席的三伯就从来没有骂过，更没有打过满朝八爷。所以，三伯盖房时，满朝八爷六十几了还光着双脚和泥躟泥，干最苦最累的活，特别卖力。别人纳闷：年龄这么大了，平时给别人干活偷奸耍滑的，他这几天是怎么了？他俩心里清楚。

改革开放后，队里重新规划庄基地，把横一家竖一户、半分庄院三家人、两亩庄院一家人的老院子规划得整整齐齐，一家挨一家，家家三分地一样大小，大多数人都满意，都高高兴兴的。唯有满朝八爷意见最大：他又吃了大亏。他一个儿子，老庄院被分成了三家，他只能占一家，赖都没法赖；不像别人两个儿子才上小学，按条件也得划两院庄基。他拿出惯常的本事撒泼骂街，躺在地上打滚，躺在自家的老院子、人家的新庄基上撒泼。得了新庄基的人家才不认以前的理，不管你八爷九爷，公家划给的庄基名正言顺，铁锹铲着黄土该往哪撒还往哪撒。满朝八爷躺在打墙的地基上，被人家用黄土活埋了半截，只听见他干号“活埋人啦”，不见一个人搭理。到了吃饭的时间，干活的、看热闹的都走了，庄院四周没了人，他也起身抖了抖土，自顾自地连骂带说回了家。一个人哪能犟过公家大伙呢？

饭场里没见满朝八爷正式吃过饭。别人吃饭时，老见他手里拿一疙瘩馍馍啃着，歪歪斜斜地挑着扁担去官庄（公共）井摇辘轳搅水，两个水桶兴奋地前后跳着晃荡着。正月初一早晨，他也是早早地去官庄井里搅水，但每年都被官庄井所在的那家人打骂轰赶：“你丢先人呢！就你初一要吃水，年时夜你做啥呢？”过去有讲究，水火代表钱财，正月初一、十五家里的水火不出门，不给外人借东西，要不家里会招灾折财。满朝八爷的水桶被那家的男人扔出老远，他赶着拾水桶，嘴里少不了嘟嘟囔囔：“一天不是过日子，我就不知道年是个啥，我不管啥讲究，不是也活得旺旺的！”记得年年正月初一、十五，都能听着满朝八爷的吵闹。这时，我往往会操闲心：“这正月初一大过年的，别人都欢欢喜喜地过年穿新衣，吃油汪汪的臊子面，吃热腾腾的白面馍馍，吃炒菜。满朝八爷没穿新衣服不说，这家里没有水，这个年怎么过呢？”

别人家的门神都在腊月三十请好、贴好。满朝八爷家的诸神，往往要等到正月初一早晨，串门子的人都去了，才帮着辨认张贴。也难怪，印得花花绿绿的灶王爷、天王爷、土地爷、马王爷、井王爷，精明人家都要分三分，他哪能分清哪个神是哪个样？神又不能贴错，贴错了，把灶王爷当了土地爷，不给你看家护院不说，还动不动上天到玉皇大帝那去说你的不是，告你的状，你这一年肯定不吉利。还不如迟贴一时半会儿、一天半天，求得安生一年。俗话说“初一贴门神迟了一年”，他好像不知道，当然就不管不顾了。

我老是想，娃娃都能记下的讲究规矩，满朝八爷是大人，咋就不长心记不下呢？

几个伙爷

~

伙爷勇

勇比我大半岁，我们是一个门子（家族）。勇的母亲是学校的代课老师，我们小学一、二年级的语文课由她代。为了好管我们，她利用手中的“权力”，把勇和我安排在紧挨着讲桌的地方。我俩坐在一张漆面完整油亮的紫红色大课桌上，就在她的眼皮下，上课说话或者嬉闹耍小动作，都能被及时发现，轻则瞪眼说几句，重则顺手拿扫帚、竹教棍一人头顶抽打两下，全班人都能看见，有点杀鸡给猴看的意思。我和勇放学一起做作业，勇家有好吃的，像花生、苹果自然少不了我的，有时候晚上我们还睡一个被窝。人长大了些，别人家红白事，我们一起摇辘轳从井里搅水，一起端盘跑腿，我俩是联手。

后来上初中了，勇和我不在一个学校，上高中是一个学校但不在一个班。高中上完，勇当了兵。当完兵复员，工作安置在了县里的一个水利单位。勇的父亲是老中专生，是县里水利单位的干部，在当兵前他应该就把勇的户口从农村转成了商品粮城镇户口，要不然，农村户口当兵的回来是不会安排正式工作的。勇现在乡下的一个水利枢纽站看机器。他说：“现在活轻松，机器都换成了电子的，水下来，水闸高低按个按钮就行；

不像过去，水闸开合还得人丝对丝、钢对钢地起合。现在没啥事，住在县城，早晨八九点去，下午四五点就可以回了，闲着，没事干。”我说：“你干的是好活。就是人没老呢，干的活倒像老了的人看门的活。”他答：“那你说，我干啥去呢？我们都四十几了，还能干啥？”

我俩聊天斗嘴。我说：“你小时候体型比我大一号，方墩墩的蛮劲大，老是欺负我；现在我比你大一号，我该还了。”他说：“我们是一起玩，我一直罩着你。”这次过事，总管老哥把我俩在外面工作的安排在一起。贴对子时，我抹糨糊他往墙上贴。我会听他说把糨糊抹得少些，他会听我说把对子贴得更高一些，配合得还是那么好。放炮时，我拆包装，露出捻子，他点火。一个是我现在不吃烟，不方便点火，再一个是我小时候被炮炸过手，心里怯。但他会把烟给我，故意让我点火，看见我两下三下点不着，还一次一次缩手跑开，就说：“你的屄子还是那么松！”方言意思是说，我还是那么胆小。

有些东西，比如人的本性改不了；人和人的关系，也变不了多少。勇和我的关系三十年过去了，还停留在上小学的时候。我们还是儿时的伙爷。

∾

国栋火棍

国栋是我的小学同学。我们一、二年级在一个学习小组，常在一起写作业、玩耍，当然是伙爷。我们小学在一个班。记得他说话老是唾沫星子乱溅，爱不停闲地说，不管是上课还是上自习，因此老是挨老师的巴掌、教棍。老师一打，他就哭，哭得眼睛都有点对眼或者说斜视了。

我在门外过事的棚子下吃饭，无意间看见国栋在路边停下摩托收拾着什么，看来是干完活急着回家。我叫他一起吃点，他不好意思，打了招呼，骑着摩托准备离开。我看见桌子上的一包烟没拆开，顺手扔过去，他接着连说“感谢”。

不知初中还是高中毕业后，他就一直打工。后来成了家，还是在村子周围给别人干零活，早出晚归，和家人生活在一起，也伺候着父母。他的名字叫“国栋”，用现在的标准来衡量，我看他不能算是国家的栋梁，而像烧火棍，他母亲手里的烧火棍。我猜想，他的父母看着国栋这么忙忙碌碌辛苦干活，也会心疼；看着他在家里出出进进在眼前，他们头疼脑热时有国栋买药端水，也会很幸福满足。这让我犯了难，辨别不出是做母亲手里的烧火棍好，还是在大城市搞研究做国家的栋梁好。

~

画家雄雄

雄雄小时候画画好，异乎常人，人们叫他“小画家”。

他对照着年画上的花木兰，要不了半天就能用水彩笔原模原样地描出一张。我亲眼看见他趴在炕边的木板上描年画：炕上的年画半卷着，他拿着白纸在旁边照着画，从上到下，画幅展开一截他画一截，不大的工夫，就描画完了一张年画。但这种画法不是照老师说的先画骨架，再上色，我当然不以为好。

后来，看见他还夹着画板画村口的老槐树。别人说：“雄雄你画得咋这么好啊？”他说：“画画要先构图，攒三聚五，要有主次，要用嫁接、变异、重叠等很多方法，阴暗浅淡要有对比，不能看到什么就画什么。”别人问：“雄雄你画的咋和长着的树不像啊？”他答：“你们看的老槐树和我画的当然不一样。你们眼里的树是烧柴乘荫凉的树，天天看习惯了，看不出个啥，但我画的树换了地方，就不是树了，是艺术品。”这些话使人听得似懂非懂，地上长着的树放到纸上就不能叫“树”？我听着高深，但似有道理。

初中有两年我们在一个学校。学校的绘画比赛前，我早早自豪地给同班同学吹嘘：我们村的雄雄不用画就是第一名。果不其然！记得他画的是个人物头像，铅笔描的，比真人黑白照片还有立体感。

高中毕业，他上了省城的美术学校；再后来，听说上班了。但他母亲过个一两个月就要去省城看看，回来就给旁人说：“雄雄连个挂面都煮不熟，得赶紧说个媳妇，给寻个做饭的。”

有一年我回老家，看见雄雄在家里待着。他家里的人说："雄雄是在家里画画呢！自己住的那个房子里，纸上布上，墙上地下，白的黑的五颜六色的，画得满房子都是，放都放不下了！"村里人说："雄雄精神有问题了。整天就待在家里，很少出来，出门也不和人说话。"

几年又过去了。这次我和他家大人说完事，就在我要走出大门时，雄雄应该是听见了我们的说话声，从家里的二楼下来了。他热心肠地问候我："来了？坐。"我说："不坐了，忙着呢！你好着没？"他答："好着呢！"简单的几句问候，看不出他有什么问题。我也不知道他是不是真的认识我这个儿时的伙爷。我还想问"你还画画不？"但没问出口。

下午，在门外过事的席桌棚下看见了雄雄。我上前和他打了个招呼："来了！""哦。""吃烟？""我不会。"他的脸看起来比别的经常干活的人确实要白、要胖。他也不像别人，一根接一根吃着主人家的烟，吵吵闹闹打牌。他只在旁边静静地坐着、看着。除过我，再没有看见别人和他搭话。他不和别人打交道，别人也不愿和他说什么，他们各有各的世界。

雄雄活在自己的世界里，满脸安然。

连枷

连枷，击禾器……其制用木条四茎，以生革编之，长可三尺，阔可四寸。又有以独梃为之者。皆于长木柄头造为摞轴，举而转之，以扑禾也。

——《王祯农书·农器图谱》

靠墙的连枷影子映在地上，在墙根打了个折，还是一边高一边低。顺孝一拐子把立着的连枷打倒在地上，但倒了的连枷还是一长一短。顺孝也打了个趔趄，险些向前扑倒，亏右手扶了一下才没倒下。有时候，顺孝会莫名其妙地发脾气、使闲劲，他也不知道哪来的无名火。

顺孝想当个保管员，开始偷偷地练字。从“正”字开始，所有的数字，队里人的名字，他都会写会认，加减算法、九九乘法表，他都能滚瓜烂熟地背，尽管他没上过一天学，不知道拼音，不知道天安门，不知道红旗为什么这么红。他想，这些不知道不要紧，以后慢慢也许就知道了。但现在没有了生产队，也就没有了保管处，也不计工分，他能干啥，识那么多字又能干啥？人家腿脚好的一个个县城、省城、北京、广州的出了门，家里人天天有意无意地念叨：“那个死货，一月能挣三百块呢！”他有啥用？谁愿意当连枷呢？他爹娘不愿意，他更是不愿意，谁都不愿意，但这些由得他做主吗？谁不想好脚好手的，哪怕少一只手，哪怕聋着哑着傻着，也比这爬着不像爬着、站着不像站着强。

顺孝得的是小儿麻痹症，他从小左腿走路就没力。五岁前门里门外一直是在地上爬着，后来扶着墙一条右腿能立起来了，于是他爹找了个铁锨把，让他夹在左胳膊下，右腿着地，左腿搭在铁锨把上一甩一甩，像连枷一样摔打着。他一走一跳，总算能走路了。有了铁锨把的拐子撑着，顺孝和其他伙伴就差不多一样高了。不像以前，爬（坐）在地上，老是抬头张望别人，还没开口说话，就先比别人低了三分。心里的高低分量也和身高有关系，起码顺孝自己觉得他和别人不差多少。但自从顺孝拄了拐子，先是小孩叫他“连枷”，后来慢慢地大人也背着他家大人叫，于是，“连枷”成了顺孝的名字。

连枷，过去家家有，场上打麦打豆打油菜少不了。生产队的社员们站成一排，齐齐的连枷一上一下，场面壮观。如今，人们图轻省，地里只种玉米、小麦两样，收割都是用机器，连枷没了用处。顺孝爹老观念，地头不种点杂粮，上顿是面下顿还是面，嘴里寡淡，饭就没法做来没法吃。他还说自家榨的油吃起来香，便年年在碾场边种二分油菜，打一口袋油菜籽榨油。油菜籽经不住碌碡打碾，只能拿连枷拍打。不管打啥，都得是太阳晒得最红火的时候。要是太阳偏西，潮气就上来了，潮气一上来，你抡十下连枷，也不如太阳艳的时候抡一下。抡起，拍下，一下又一下，顶着明晃晃的日头，头上的汗像水一样，蜇得人睁不开眼，衣服和着汗贴在肉上，黏黏的。二分地的油菜籽，顺孝爹后晌寻出来连枷，连拍打带翻晒，太阳偏西才算收拾好了，装了一袋子菜籽。

“笑歌声里轻雷动，一夜连枷响到明”，门外传来学生娃娃的背书声。这是胡说呢！打连枷能笑出来？那是闲人说的笑话。再说，西府人家不会把打连枷放在夜里，那是诗，写的是诗情画意的南方。

要不是今天看见连枷，顺孝差点忘了自己也叫“连枷”了。庄门上娃娃越来越少，就是有几个也由奶奶爷爷照看，没有父母撑腰，也没人敢叫他“连枷”了。“连枷，连枷”，顺孝自己叫了两声，也觉得涩口了。

顺孝是老大，后面二弟、三弟、四妹，一个个都好脚好手的，就他一个是个连枷腿。顺孝出生的年月里，大锅饭吃完了所有存粮，顺孝还在他娘肚子里“转经”时，他娘吃了草根树皮，还是填不饱肚子，你说，顺孝在娘肚子里能长个啥？也怪不得别人，吃的喝的一样的，人家好脚好手的，就看老天给谁遇上呢！顺孝有时会想：“当初娘一生下他，为什么不扔到尿盆淹死？人家好好的，全脚全手好脚好手的，就因为是女娃、不带把，一生下来就会被亲爹扔到尿盆里淹死，为啥自己能活到现在？”他问他娘，娘什么都没言传，只是拿袖筒抹眼泪。

有一段时间，顺孝一个人在家的时候，老是磨蹭到井边，趴在井沿上看那碗口大的一片天。有时，他还会唾一口唾沫下去，但听不见个响动。朝井里扔个土坷垃，半会才听到闷闷的回响，“嗡嗡嗡”地一圈圈传上来，井底那片天，就晃啊晃啊！顺孝想：“要是自己把自己整个扔下去，响声会不会更大一些？”顺孝爹扛着镢头回来，看见他趴在井沿上，两步冲过去，提着衣服领豁，就像拎着半袋子粮食，把他一下撂到了院子中央。顺孝爹唾沫星子乱飞：“我就是后院喂个黑货，一年也能落个几十斤嚼头。谁不是来世上受罪的？那些哑的瞎的，缺胳膊少腿的，就不活了？就你一个想消停？”于是，木头片片的井盖换成了水泥板的，加了锁。从那以后，顺孝没法在井沿听响动，也没法在井沿看天了。

从前几年开始，顺孝这种有残疾的，公家一个月发一袋面，补 20 块钱，吃喝不愁。这一下就祛除了顺孝爹娘的心病：就算有一天两老人闭了眼，也不用担心把顺孝饿死。前两年，三弟从外面扛回来一台补鞋机，顺孝捡着破布烂鞋鼓捣了半个月，也能给三邻五舍缝缝补补，有了五毛一块的手工费，顺孝手头活泛了，买个麻花、喝个豆花随意了许多。

太阳从后墙落了下去，墙根地上的连枷混在黄土里，一个颜色。后院里，鸡圈里的打鸣声高一下低一下，“扑棱扑棱”扇着翅膀嘈杂起来，猪圈里两个黑货“哼哧哼哧”，圈门被拾得“哐哐”地一声紧接着一声。顺孝带着他的影子，挪腾着走向粮仓。都要着吃呢！

雨生百谷

∾

“清明后十五日，斗指辰，为谷雨，三月中，言雨生百谷清净明洁也。”油菜冒了花苞，绿骨朵含着黄星星花瓣一嘟噜一嘟噜的；小麦抽出最后一片叶子，麦穗怀肚，像怀胎三个月的新媳妇；一嘟噜一嘟噜黄绿黄绿的榆钱也就缀满枝条，穿红戴绿的人们在树下抬首张望。

鸡刚叫过三遍，睡梦中的谷雨突然摔着左手“吱哩哇啦”地大叫起来。谷雨爹拉着灯，就着灯泡一看，谷雨手背上一个红坨坨，已经像发面一样肿了。谷雨娘一边用嘴咂着伤口吐血水，一边嘟囔抱怨谷雨爹不舍得花一毛钱扯一张禁蝎咒符，那上面印着“谷雨三月中，蝎子逞威风。神鸡叼一嘴，毒虫化为水……”正中有个大公鸡，专门是降蝎子和其他毒虫虫的。谷雨娘学着那个外地麦客拿腔拿调，哄着谷雨睡觉：“炕上有个虫虫子，前面两个钳钳子，后面有个钩钩子，把我娃戳了一下子，疼得我娃龇牙子，不知道是啥子?”

拉开门，一股凉风激得谷雨打了一个激灵。原来昨晚下了一场悄无声息的毛毛雨，怪不得半夜听见爹哼哧：“下！下！透，再透些，贵如油啊！软了，地泡软了，收成就好了！”

谷雨脱下娘做的、钉了明晃晃四个气眼的千层底黑条绒松紧鞋。这双鞋刚穿时前踢后磕，硬是勾上后跟，脚趾头蜷扣在鞋里面把脚面垫得老高，走路都被同学嘲笑说像三寸金莲的他婆走路。穿上刚舒坦了一个月，大脚趾头就忍不住全露了出来，二脚趾还冒了个尖尖。为这，谷雨最见不得娘唠叨：“穿鞋费尖尖，一辈受作难；穿鞋费后跟，一辈享受用。”谷雨换上黑色塑料雨鞋，雨鞋前头也破了，是谷雨爹用废旧的架子车内胎补的，左右大脚趾头尖各一个，红红圆圆的，真真像一双黑牯牛眼睛。

光光溜溜瓷瓷实实的黄土路一沾雨就成了酥软的烂泥路，谷雨“窟通窟通”在烂泥里拔出左脚、陷进右脚，平时跑跑跳跳十分钟的路，走了近半个小时。今天是走霉运的日子，千小心万小心，谷雨还是滑倒了，跪在了泥地里，旁边有人立马起哄：“懒驴打滚哦”“母猪打滚嗷”。聪明伶俐的谷雨也不甘示弱，文绉绉地回敬：“春雨贵如油，下得满街流。滑倒谷学士，笑死一群驴。”

黑绿油亮的麦地里，有老汉戴着草帽，捧着脸盆，白花花的肥料一把一个弧，透着阳光，让谷雨想起彩虹来。谷雨谷雨，要是谷子像雨一样从天上下，不用人再面朝黄土背朝天，多么幸福啊！谷雨念叨自己的名字，想起娘讲的故事：“从前，有个仓颉爷，他造字功德盖世。玉皇大帝要恩赐他金人，他却要造福天下。于是玉皇大帝就让他上天上下谷子、下白面。米山面岭，油缸醋井，人们整天不用劳动，无所事事，吃了睡，睡了吃，个个白白胖胖，也就谈不上爱惜粮食。‘天雨粟，鬼夜哭’，为什么现在不见天上下谷子了呢？是因为有一次玉皇大帝巡查民间，看见一个小媳妇和好了一块白面，自家娃拉完了正叫唤，这个媳妇就顺手拿起面团给小孩擦了屁股，随手扔了。玉皇大帝见人们这么不爱惜粮食，大怒，从此便不再给人们下谷下面了。”

谷雨恨那个拿面团擦屁股的小媳妇，是她害得人们现在起早贪黑还吃不饱。擦屁股只能用土疙瘩，怎么能用面团？谷雨也厌烦仓颉爷造字，把“穀雨”两个字造得这么繁，难写难画。谷雨想着天上下谷下面，还想着天上下个林妹妹，不要下个猪八戒。

“啪啪啪”，谷雨看见了小新家架子车上的榆木绞棒，此时被先生握在手里当教棍，耳边响起：“谷雨，你这个开裆裤没穿够的愣娃，你娘一天一个鸡蛋，就是让你来梦周公的么？你身在福中不知福，还不知足啊……”

谷雨一惊，眼前“人群中这些面孔幽灵一般显现，湿漉漉的黑色枝条上的许多花瓣”。

记忆深处

牛笼嘴、驴障眼

~

牛笼嘴是用金属丝或竹篾、荆条编织成的网状物件，大小以能罩住牛嘴为宜，能防止牛上地干活时偷吃庄稼。驴障眼是用碎布缝制或秸秆辫子编织成两个相等的圆片，中间有一段线索相连，把圆片捂在驴的两只眼上，再用绳索拴挂在拉磨的驴耳朵上。驴障眼比起牛笼嘴的制作要简单得多。要是一时找不到现成的驴障眼，拿两片破布甚或一件破衣裳遮住驴眼睛绑在驴头上，也能万事大吉。驴戴了驴障眼就看不见外边的物体，既可以防止它在磨道里转圈犯晕，也可以防止它在拉磨的过程中偷嘴吃磨上的粮食。

牛笼嘴与驴障眼是牛驴的专用物件，农村里彼此熟知的人们之间往往会拿这些相互开玩笑。如有人戴了口罩，就会被问候："你也戴了牛笼嘴?"有人戴了眼镜或墨镜，也会被人称作是戴了驴障眼。要是责怪别人对某些事物视而不见时，也会说："你戴着驴障眼吗?"

马嚼子是勒在大牲口嘴里的小铁链或其他形状的铁制品，两端连在笼头或缰绳上。人一扯拉马嚼子，骡马会疼，为了减轻疼痛，它们只好顺着人拉扯的方向来。它有助于人们使唤骡马之类力气大的牲口。马嚼子又叫"叉子"。人和人说话要是说不到一起，一个骂另一个说话不讲理、胡说冒料，就会说："和你说话要给你先戴上叉子!"俗话还说，马嚼子套在牛嘴上——胡勒。

料杈子是为牛马牲口搅拌草料用的木棒棒，不管是槐木、榆木，还是桃木、硬杂木，只要结实就行，光溜溜还是疙瘩马勺的都无所谓，一膀子长、不粗不细、手能攥住就算合适，能把牲口吃的麦草、水、麸皮搅和拌匀就行。槽里哪个牲口要是尥蹄子、抢料、摇头、喷口水，或者干脆光是看着它们不顺眼，就可以拿料杈子敲打敲打。料杈子拌料的那一头有个分叉，和圆规形似，所以，形容人细脚伶仃也会用“料杈子腿”作喻。要是有人吃饭时嫌调料没拌匀，不满哼哧，做饭的人也会回一句：“我拿料杈子再给你拌两下不?”

轭头是驾车时搁在牛颈上的曲木或套具。牛脖颈高，用的是“人”字形曲木，叫“牛轭头”。马脖子直，架不住曲木，于是人们做的是像油馍圈一样的物件，套在马脖子上，俗话叫“马臁臁”。有人脖子上围了围巾，也可以开玩笑说这个人围着马臁臁。有人说话做事不在理，旁人讥讽他、说反话往往说：“人家这话说得光亮，这事做得嫽，牛轭头能擀面——出窍得很!”

尺绳在农具里不是工匠量长短、校曲直的工具，而是把牛马笼头嚼子和犁具连在一起的、比绑柴火粗一些长一些的一根麻绳。尺绳一打两折，一头在牛马笼头两端，另外一头系在犁具把手上，拉犁的牲口被夹在尺绳中间。因此，给牲口套犁具，也可以说是上尺绳。要是牲口拉犁不太听使唤，或者需要它向左向右拐，扶犁具的人就可以撩起尺绳左右抽打，以此来指挥牲口。老子收拾儿子，大人训斥娃娃不好好干活，就会说：“你等着我给你上尺绳呢?”

不管是牛笼嘴、驴障眼、马嚼子、料杈子，还是轭头、尺绳，大小都算农具，是给牲口专用的，一般不拿这些和人相论。现在的城里人大多没用过，更不知道这些物件的用处。就是知道的人，也由于进城时间长了，消磨得隐隐忽忽了。于是，在农村的老子就不时训斥进了城的儿子：

“你就是进磨道上尺绳的货！轭头给你挽上，犁铧让你拉上，尺绳把你扇上，笼嘴嚼子给你上上，你就能夹紧闭实，放不了‘男人如茶壶女人如茶杯’‘要自由不要节日’之类的厥词。我手里再提个料杈子，不时挥一挥，你就更老实了！要是再给你戴上驴障眼，你大概也能眼不见为净，少一丝庸人之恼，留得一份心安!”

我家的棒槌

∾

桌上放着一根棒槌，木色半边浅淡半边偏红，是自然色。人划不来为个木棒棒染色，猜想作为棒槌前身的那棵树，一定是南北两边光照不匀才出脱成今世棒槌的阴阳脸。这个棒槌是奶奶年轻时和妯娌赶会买的，快有一百年了，算是我们家最老的一个物件。

那年，老家房屋多年没人住，雨淋虫蛀，整个屋架快要塌圮了，只好回去收拾以免祸惹邻里。院子里水渠边挖根种的泡桐树，两人已合抱不住，地下掏的坑、用水泥石子浇筑的饭桌当了垫脚石。想起三间瓦房的青砖青瓦是邻村手工窑拉过来的，红砖是公社机砖厂拉来的，松木檩条是南山的，三间房的杂木椽是北山的……看看摸摸，哪个能带走？三五年间有事没事能回趟老家的，还不到撮一抔黄土的份儿。倒腾柜子，翻出了这个棒槌，尽管被老鼠嗑出了牙印，但还算完好，大小算个老物件，木头的也不重，小胳膊大小能装在包里，就带了回来。

“叔叔，你家这个木棒棒是干嘛用的？”

“这是叔叔打球，打板球、棒球的！”妈妈说。

“哈哈，胖叔我哪有那么高雅？还不知板球、棒球为何物呢！这是棒槌。”

“棒槌是干什么用的呢?”

“哦，过去的人洗衣服用的。”

过去的人从地里的棉花到身上穿的炕上铺盖的，都是自己做，纺线织布缝补，着色漂洗浆洗，一般都要借用棒槌捶打。老土布有铜钱那么厚，做成一件衣服拼成一炕单子，沾了水死重死重的，女人家要提起来很费劲，更别说搓洗了。把要洗的衣物放在洗衣板上、河边的石头上，用棒槌敲打着翻来覆去清洗，既轻省也容易洗干净。老土布也没有现在的洋布、洋料细密，容易钻土纳垢，不耐脏；再说农村灰土重，穿的用的人也干净不了，总不能见土就洗吧，因此衣物好长时间才洗一次。为了便于下次洗起来容易洗干净，还要浆一浆。条件好、讲究些的家里，和好面团，放到盆里揉搓洗出面水，用面箩细细过了，再把面水和得稀稀的，烧开，将要浆洗的衣物放到里面让角角落落都沾上面水，这叫“上浆”。上浆的衣物因为有面水，晾干后发硬，接触肤体硌碜人，于是就要把浆洗的衣物叠好，放到捶磨石上捶打。之后，衣物就会变得柔软，贴肤贴身，舒坦。要是随便些的细俭人家，面汤用面箩过了，也能用来浆洗衣物。不管怎么做，都有一个原则：浆洗了的衣物上不能看见面疙瘩，哪怕是高粱米、针尖大的一点也最好不要有。否则，衣物穿到身上，铺到炕上，却看见一个面疙瘩，立马就会让人想起华丽皮袍上的虱子；也像费了九牛二虎的劲从菜盘里抢了一块亮闪闪的肥肉，正要往嘴里送时，突然发现了一根醒目的白毛或黑毛，倒人胃口。

捶布用的捶磨石一个村也就三两个，青石质地，坚硬耐捶打，使唤几年后会少了棱角，但面子上往往被捶磨得黑油光亮。捶磨石一般放在大门外，像个黑杌子。上了年纪的婆婆出门盘腿一坐就像上炕一样，天寒石头冰凉，坐的时候垫一个麦草或玉米棒子皮编的垫子，学说媳妇没完没了；要是个老汉，就直接蹴上去，抹一锅旱烟，就着紫皮大蒜吃一碗蘸干面；小媳妇盘腿坐、蹴上都还不太合适，就只能靠着站站拉个家常了；只有屁孩们不管事，爬上爬下，打打闹闹。要是有人捶打衣物使唤，半盆水冲洗一下，捶磨石就能发挥它原该发挥的作用。

小屁孩往往瞅空爱拿棒槌在捶磨石上乱敲打，大人发现会赶紧抢过棒槌。机灵溜滑的小屁孩一见大人变了脸色扔了手里的东西撒腿不见了踪影；木愣还在使劲地嘟囔为什么只有大人能捶能打时，早被拽扯着屁股上挨了两巴掌，或者被大人装模作样地用棒槌捶了三两下。这是因为，石头对着木头，敲坏棒槌不说，怕的是“咚咚锵锵”的声响嘈乱了后院里绣花姐姐的心，这还是小么事，要是惊动了炕上新媳妇肚子里的碎先人，那就不得了了。棒槌不空敲打，在过去农村是个计较讲究。

“宝贝，不要拿棒槌乱敲打，敲坏了，我心疼事小，惊动得你妈肚子疼才是大事!”

“哈哈！他叔乱说呢！娃娃拿棒槌敲打，又没打在我身上，关我肚子啥事!”

“叔叔，你这个棒槌现在又不能打球，又不用它洗衣服，有什么用呢?”

“没用，没用，你玩玩，我看看!”

棒槌也用来形容人：要是一个人做事一根筋，做事简单有点傻，直来直去，做事做得不麻利、不美气，都可以说这个人傻不冷抻像个棒槌。

夫人和朋友聊天，耳朵里飘过一句：“我家的棒槌……”

凑上前去细听，大家却嬉笑不语了。

她说的是哪个棒槌？什么事呢?

吃五谷想六谷

~

“吃五谷想六谷？你还想吃啥?”吃了一碗干面两碗汤面抹着嘴说要是能有两块肉片解馋时，吃了一个苹果还想要个梨时，母亲往往就会说这句话。从小就知道，五谷是稻黍稷麦菽；六谷不是《三字经》所说的“稻粱菽麦黍稷”，此六谷专指鸦片烟。

听老人说，旧社会鸦片交易也不是完全明着来。买卖双方交易前先会伸出大拇指和小指互相试探着打问，你有没有这个或是你要不要这个？手语六的形状代表“六谷”鸦片。家族里的八爷，就是在解放前倒卖鸦片，自己好像也抽几口，解放后被强制戒了，没置办下产业，没有媳妇，半拉子的人只好到邻村当了上门女婿。干瘦干瘦的老头，等到我再长大些有记忆了，他老人家不知道什么时间就早早殁了。

鸦片是毒品，大户人家的媳妇或者小姐会因吞食鸦片而亡，也能造成“虎门销烟”“鸦片战争”的历史事件。鸦片实际也是一种药，人咳嗽了或是拉肚子、肚子疼，掰一点烟土下来，冲水喝下去就会好。有人得了重病，身体哪个部位疼得受不了，家里人会想方设法地找寻鸦片，帮病人止疼。

比鸦片厉害的毒品是“白面儿”，也能算六谷。老舍《茶馆》里唐铁嘴有一段说辞："我改抽'白面儿'啦。(指墙上的香烟广告）你看，哈德门烟是又长又松，(掏出烟来表演）一顿就空出一大块，正好放'白面儿'。"大英帝国"的烟，日本的'白面儿'，两个强国伺候着我一个人，这点福气还小吗?"最终，"还是那么瘦，那么脏"的唐铁嘴被宋恩子、吴祥子暗算，在黑夜中被"双灰"拉到墙角弄死。

不论是戏剧里还是现实里，大人都教导："正常人吃五谷杂粮，那些不该吃的就是六谷；吃六谷的人，没有好下场。"

五谷之外，烟不论纸烟大烟，再加上酒和茶，都可以算广义上的六谷。不到年龄，特别是不成年、不成家的，不能动烟酒茶。就是到了年龄，四五十、六七十的，有人让烟（纸烟）酒茶，回一句："我，烟酒茶不动。"言语里也流露着自豪，别人敬佩的是你的自律、节制、有度。

不知何时，我的桌子上摆满了罐罐袋袋，里面样样式式：红茶、绿茶、青茶、黑茶、白茶，银杏叶、蒲公英、甜菊、苦菊、苦瓜片，玫瑰、枸杞、党参、当归、锁阳、苁蓉、甘草，红枣、桂圆、冰糖、蜂蜜……想喝什么茶杯里下什么，早晨一杯，下午一杯，几乎成了习惯，一天不喝就感觉缺点什么，全身不舒坦。

"你吃了五谷，还想吃六谷?"我知道，母亲后面还留着一句不愿说出口的话："你做了皇帝还想要成仙?"

饥饿最好吃

~

央视轮换着播映的《舌尖上的中国》，上海台百万励志奖金的《厨王争霸》，还有食疗，以及各式各样的美食节目，刺激着十亿人的味蕾。美食火了！

兄弟在空间留言："非常想吃老家过事时候的那个臊子面""还有镇上的面皮"，勾引得嘴里涎水直打旋。

去蜀地旅游，麻麻辣辣的美食没记住几样，唯独对青城山上清宫内的早餐热粥记忆最深：半敞的屋檐，大桶的热粥，要稠的稀的、一碗两碗自己随意舀；两三个半碗的咸萝卜干、腌渍的青菜，也是自己随意取；饭后连碗筷也是自己洗干净，归置好！没人剩一米一菜，离开时一位师父收饭费三元，没感觉到一丝不自在。

每次回家看望父母，吃的就是母亲做的搅团！一碗黏黏的烫人心窝的搅团，浇上炝得油汪汪酸溜溜、捣得面面的掺了生姜的蒜水，一筷头开水焯过的菠菜、苜蓿之类的绿叶菜，吃得最是舒坦。

食是人最基本的生理需求。饱食之余，好像还缺点什么？

林清玄《一个茶壶一个杯》中说："如果只有一个茶壶一个杯，才不会计较喝的是什么茶。一斤一百元的茶叶，饮起来也真有滋味。假使一个茶壶几个杯也很好，因为大家喝的都是同款的茶，没什么计较。现代人的生活就是好几个茶壶倒在几十个茶杯里，这就复杂了。大家总会想，别人的茶壶里不知道是什么茶，想喝一口看看，喝不到就用抢的。喝好茶的人也同款，想喝另外的那壶。久了以后，即使是坐在一起喝茶的人，心里也充满了怨恨和嫉妒，很少人得到平安。”

肚子吃饱了，日子日益好了，才能谈美食。拿美食家盘中的一口龙虾去换建筑工人那一钵饭食，猜想谁都不会愿意。海参、燕窝、豆腐等食材，不论贵贱，自身都没有什么味，但往往在各项美食大赛中露脸最多，获奖最多，是物以稀为贵，也是吸纳千般滋味于一身的成果。

食，更多的时候看的是享用者的心情，心情好了，美食也就多了。一碗母亲做的搅团，一份家乡的面皮，和大师手下的熊掌燕窝没有两样，甚至有过之而无不及。

什么最好吃？饥饿最好吃。

荠菜开花红艳艳

想吃点荠菜了。网上买了一箱，打开来，一棵像一棵，大小几乎一样，叶子大而肥厚，鲜亮油绿，也没有黄叶。这一看，就是像种其他蔬菜一样专门人工种的，味道当然没有过去麦地里野生的那么香甜。

荠菜有两种，一种是勺勺荠菜，叶子光光的，顶端像勺子一样凹下一个窝窝，整个叶片又向上翘起来，像个勺子。后来见了一种菊花，就像绿绿的勺子荠菜，只不过花瓣是黄的。还有一种是花花荠菜，叶子上有点绒绒，不那么光堂，主要是叶子边沿是大小形状不一的花齿，就叫“花花荠菜”。不知是花花荠菜叶子展拓，还是勺勺荠菜叶子卷曲长得慢，一般是花花的比勺勺的大，但勺勺的吃起来更顺溜、更甜一些。要是在地里生吃，就拣勺勺的。挑起一个，拣了黄叶，掐去根，抖一抖土，塞进嘴里，又甜又脆。

荠菜尽管是菜，但要是长在麦地里，就和杂草归为一类。方言里，冬春在麦地里铲草叫“挑草”。挑草时，带把的铁铲铲拿着当然最舒服，也有的大人把割麦镰刀上的刃片卸下来，手握的一头缠上烂布条剜草，还见过拿炒菜的饭铲的，反正都能用。前二三十年，整个冬天，妇女、老人只要有时间就和放学休假的半大小孩一起，弯腰俯身半跪在麦地里挑草。麦地里的草大多是蒿子、羊蹄芽、王不留行、苒苒草、荠菜。蒿子和苒苒草后院的鸡和猪不吃，挑出来顺手撇在路上；羊蹄芽、荠菜用拌笼提回家喂猪喂鸡；又大又绿的荠菜，挑出来当菜吃。拣出来的荠菜淘洗干净，开水一焯凉拌，或者直接剁碎煮到饭里，既给饭添了颜色，又提了人的食欲。前一天的搅团，第二天切成方丁热着吃，下一把碎荠菜，要是恰好还有肉臊子，剜一筷头埋在碗底，看着一个个又红又黄的油花慢慢地洇上来，最是馋惹人。不管什么时间想起来，满嘴的口水咽不及。

开春了，麦子开始起身拔节，还有个别麦根下漏了的荠菜也会和麦苗比着长，抽薹、开花。一个薹顶上开一簇小小的红花，粉红的、大红的，在绿油油的麦地里很是醒目。开花长薹的荠菜这时已经老了，直接焯水下饭塞牙，但薹子有了纤维，不容易腐烂，适合沃浆水。尽管都是酸浆水，但荠菜的和芹菜、甘蓝的也不太一样，有一种说不清咂摸不透的回味。

现在，秋天种地的时候，人们会在种子里拌上农药，麦子长出来一寸高，杂草刚冒出土，打一遍药。要是还有草，入冬前麦子一脚高了，再打一次药。实在不行，来年春天麦子刚起身拔节，再打一次药。这几次药打下来，整个地里只剩下了麦苗，很少能见着个草星子，更别说荠菜了。

就这样，麦地里全是麦苗，齐刷刷规整整都是好庄稼，像人用抹墙的铁抹子抹过了的，平坦干净。顺带连人的眼目头脑，好似也被抹了一遍，没了看头、想头！

洋槐花

～

春寒料峭，凄凄的小雨淋得人心里冰凉冰凉的。也有喜欢这贵如油的春雨的，比如那干巴了一冬的黑色枝条。这不，太阳刚出来几天，一嘟噜一嘟噜黄黄绿绿的榆钱就挂满了枝条，惹得穿红戴绿的闲人撸下几把，拣干净，淘清爽，拌上白面蒸得软软糯糯的，烧油炝上大葱韭菜煸得金黄，也能勾起人的馋虫。小时候没吃过榆钱，看着别人碗里当宝贝的榆钱饭当然也就不眼热不稀罕，倒是想起家乡开得正盛的一串串白嫩香甜的洋槐花。

暂录兄弟一篇日志，也算解馋压妄想。

～

气温一天天地转暖，柳条儿吐出了新绿，油亮亮的、长长的、瀑布般从路两边向行人招摇。各种黄的、红的、粉的、白的……知名的和不知名的花儿争先恐后地绽放，用笑脸迎接这个使人愉悦和踌躇的春天。

不过我更关注的是网球场西边的那一排洋槐树：直的、歪的，褐色树皮、挂着深色老豆荚的大刺槐树。不只是为它打赌了，更盼望着它们发芽、长出黄绿色的小嫩芽，接着就渐渐地长出一串串的白花苞，接着就挂上了满树枝嫩绿叶子衬托下的白花，接着就可以迷醉在这蜜香里……

在故乡的每一个洋槐花开放的时节，对孩童们来说都是一个节日般的季节。在这个春暖花开的季节，有无数缤纷多彩的花儿，唯有那迟迟不开的洋槐花最是牵动男孩们的心。不为迷恋槐花那洁白的身躯，也不为它散发的浓郁的香气，只为妈妈做的槐花麦饭。黄的蒲公英花开了，粉的桃花开了，白的苹果花开了，紫的泡桐花开了……空气里充满了各种花香，可是怎么就那老槐树依旧没有动静呢？盼呀盼呀盼呀……终于闻到了槐花那诱人的香味。于是乎，顽童们的节日来了！

家乡是平原地区，多的是平整的农田，几乎没有树林，因此，洋槐树也就不多。只有在水渠旁、沟壑里、断崖边会有零零星星的几棵洋槐树。下午放学了，男孩们会三五成群地拿着钩子、篮子直奔向那槐花盛开的地方。稍大的擅长爬树的“嗖”的一下就爬到了满布毒刺的树枝中间；稍小的在树下把带着钩子的竿子递给树上的。树上的拿着竿子直瞅那树梢上花儿最繁盛的小树枝钩去；树下的眼巴巴地望着，告诉树上的哪根树枝花最多，准备接被扔下的花枝。不多时，树下就已经扔下来了许多花穗繁盛的树枝，于是树下的喊着：“够了，够了……下来吧！”几双小手围在篮子边灵巧地将一穗穗花儿迅速摘进篮子里。“哈！你手上有血！”“哦，不知道什么时候在树上划破了。咦，怎么划了这么多缝？”“××，我们礼拜天再去河边钩槐花吧。那里有好几棵槐树，而且树还不高。”“行！礼拜天吃完午饭我们和××一起去。”很快篮子满了，孩子们就扛着竿子、提着篮子、挂着欢快的笑容凯旋。接下来两三天就能美美地吃上槐花麦饭了。

记忆中，印象最深刻的一次钩槐花是在我八九岁时。那天下午，我和比我分别大四岁、一岁的两个朋友拿着竹竿、篮子去西边水渠边邻村一块地边钩槐花。那是一块地势比较低的地，地里种的是冬小麦，绿油油的小麦已经拔节了。这里距离两个村子都比较远，因此槐花显得更加繁盛。我们早就惦记上这里的槐花了。到了树下，发现树不是很高，很好爬上去，于是我在树下边给他们指哪根花枝更繁盛边盯着远处，以防人家来捉我们。很快他们两个从树上就折了许多花枝下来，而且有些还很大呢！正当我们在树下麦地里摘槐花的时候，突然发现远处有邻村的人朝这里走来，于是立马拿着钩子、篮子，拖拽着槐花枝飞快地往回跑。回头看时，那人好像正朝我们大声地喊叫着什么。逃命似的跑回村里，惊魂未定的我们边走边笑边估量着这些花枝上的花够不够美美地吃一顿。回到家里，一起摘完了枝上的花，发现居然好多呢！

后来，虽然大学校园、工作单位、生活的地方都有许多槐花，但已经难有机会吃到那美味了。如今已经十几年再没有吃过槐花麦饭了，今年应该也没有机会吃到吧。不过校园里有许多老槐树，等到槐花挂满树枝的时候，一定也会弥漫着香气。浸淫在这蜜香里，每天为自己努力着，也是很享受的滋味。

桑葚熟了

～

省委党校近百年的老校园里，树木高大苍翠，树下绿草如茵。不经意间看到前面树下草坪里有人在低头捡拾什么，走近了，原来是捡拾树上掉下的桑葚。抬头，红的绿的黑的桑葚在枝头的绿叶间星星点点。现在连农村都少见的桑葚，能在都市看见，不免惊喜。食指拇指捏起地上因熟透落下来的一颗黑紫色桑葚，顾不得沾了土，管它干净与否，赶紧扔到嘴里，顿时满腔甜酸，真真是儿时的滋味。

杨树、桐树、洋槐这些树成材。杨树树干直溜能做房梁，桐树长得快，车成板能做家具，洋槐木质硬朗做家具框架桌椅板凳腿合适，这些树是人们想办法找树苗有意栽种的。另外一些，像椿树是“王”树，房屋上不能用，桑（丧）树名字不好听，这些树本身也长得慢，但它们生命力旺盛，房前屋后，不经意自己就会冒出来。等到发现像棵树了，人就舍不得铲毁拾掇。心想：大不了等几年，不能当椽使，还当不了熬茶的柴棒棒？反正不碍事，就随它自生自灭吧！

老家后院有三棵桑树，就这样在爷爷辈的人手里留了下来。其中一棵树有一抱粗，光光直直的树干能当大梁，它是棵公桑树，不结桑葚。另外两棵，一棵胳膊粗，一棵碗口粗，歪七八扭的不成材。但它俩是母桑树，结桑葚。听说，这三棵树发芽的时间差不了几年，但不知怎么，差别就那么大。

大人种树是为了用其材，像那棵公桑树，尽管名声不好听，但长成了材，大人就待见些。我们娃娃才不管材不材的。我们要的是桑叶、桑葚。因此，直溜溜长得粗壮的公桑树爬不上去，摇不动，我们才不稀罕呢！而同样是桑树，母桑树就不招大人待见。最起码我们娃娃们是这样认为的。要不，怎么不在公桑树上，而尽在这两棵母桑树上拴猪拴驴呢？也许，那棵公桑树太粗太直，拴个缰绳不容易。这两棵母树粗细合适，枝枝丫丫，拴个绳顺手合适。但这样一来，这两棵母桑树被驴蹭被猪毁，长得就更慢了，一年年的就没见长粗长高多少，不过这样也好，我们小孩子摘桑叶打桑葚就方便了。半大小子左一摔右一磕，踢掉老娘做的黑条绒松紧千层底，往两只黑手心各呸一口唾沫，四肢卷住树干，“噌噌”眨眼就能爬到树丫中间。上树脱了鞋，脚上容易划下血口子，但这不要紧，三两天会自动长好，又不是伤筋动骨得缓三个月；要是不脱鞋，顾了自己一时舒坦蹭坏了鞋，回家挨老娘鞋底、没饭吃、打三天光脚片，那罪就难受了。

春天里，男孩差不多都要到医疗站捡个针剂盒，撕掉里面的隔板，养蚕，就像现在买个笼子，养猫养狗养白鼠一样。桑叶是蚕最好的食粮。黑蚂蚁样的蚕宝宝刚孵出来时，家里没有桑树的，也只能拔嫩嫩的蒲公英、榆树叶来凑合喂养，长得慢。我家有桑树，自家的桑叶随用随采，要多少有多少。蚕宝宝吃了合胃口的桑叶，长得快。我有了桑叶，于是便多了一些权利。我会拿一叠桑叶，看关系远近、亲密程度，视心情好坏，给养蚕的伙伴分你一片他两片。不给我借橡皮的，偏不分给他，让他的蚕饿两天。

绿的桑葚酸倒牙，红的桑葚酸甜可口，要是纯粹变黑了，就有点面乎只是甜没啥滋味了。桑葚绿绿的、指头蛋大有酸味的时候，我们小孩就开始打着吃了。爬上树采摘下来的桑葚最干净，打下来落到土堆上的也还能吃。有些打落了下来掉到猪圈驴圈里，沾上了驴粪猪尿，让人白费了劲，就“呸呸”两声自认倒霉，再寻着拣好的干净的。人哪能只顾上和驴粪猪尿较劲呢？你这会要是计较，别人趁机早吃饱了。

可无论你再怎么摘着打着，还是赶不上桑葚成熟的速度。一天天过去了，枝头的桑葚绿的越来越少，红的黑的越来越多。初夏麦黄时节，桑葚就几乎全部变黑、熟透了。这时，就有大人扯着塑料布，用锄头镢头揽着树枝用力抖动摇桑树。“噼噼啪啪”，桑葚像冰雹一样沉甸甸地坠落，娃娃欢心雀跃，人人享受着和地里丰收庄稼一样的喜悦。

桑葚的汁液沾到手上黑乎乎的，要是用桑树叶搓一搓，就能洗干净。但是顾了嘴头的酸甜，其他哪能管那么多呢？今天洗了明天不是还要变黑吗？

从桑树冒芽、结出桑葚，桑葚由绿变红、由红变黑那两三个月里，我在周围小伙伴心中的地位也由低到高而变化着，直至红得发紫，桑葚落尽，蚕宝宝作茧自缚，一切又恢复了平常。

两颗桑葚的酸甜味润满两颊，还待来年那滋味。

八月十五月儿圆

~

热得狗吐舌头驴扳气的三伏天过去了，树梢上聒噪得人心烦意乱的知了声也一天比一天少了，玉米棒子黄了垂下了头，辣椒红了，豆子黄了，八月十五中秋节就快到了。“咾咾咾吃糟子，八月十五挨刀子”，因为方言里说猪吃食用象声词“咾咾”，所以把猪也叫“咾咾”。娃娃们门外呐喊声里互相的戏谑，实际多少也是提醒大人：八月十五是个节，可以开个荤。大人割两三斤肥膘五指厚的肋条肉，做成臊子，按规矩讲究在中午吃一顿汤和面分开、不像平时一锅炖的臊子面，那就嫽咂了。

臊子面有两种：有肉臊子的名副其实叫“臊子面”；还有一种也叫“臊子面”的，但没肉，是素的，准确地说只能叫“搭汤面”“辣子面”。尽管是两样面，但胡萝卜、豇豆、刀豆、黑木耳、黄花菜等，磨刀切碎炒成的底菜还都一样，关键在有没有那一勺半勺肉臊子。

前锅下面，后锅调汤。后锅水开，调上盐醋辣子，舀两勺底菜、半勺臊子，倒一碗老母鸡下的摊成薄饼切成指甲大小的鸡蛋皮、蒜苗韭菜切成沫沫的漂花，汤就好了。臊子汤要的是油汪辣子红，一口吹不透，醋酸盐重能尝着调和味，吃一碗想一碗。前锅面开锅就熟，细面吃汤面最好。一筷头面一勺汤，先吃上两碗汤的，再下一把一二指的宽面，调上盐醋油泼辣子、半勺底菜，蹴下再来一碗干的。咥饱吃撑，抹一把嘴边的油，这才有个过节的样。

到了十五晚上，三五块月饼放一个盘子，一块钱三斤五斤的黄元帅、秦冠苹果摆一个盘子，献月亮。等着月亮爬上天，飨用了献果，这些好吃头就可以吃了。一个月饼、半个苹果，甜在嘴上，也甜在心里。

吃不能白吃，福不能独享，手里的活不能闲。八月十五前后要放十天的秋忙假，大人娃娃都要回家收拾地里的玉米、豆类，今天打整干净地里的玉米秆、豆壳壳，明天就翻地耕种小麦。迟种一天，少收一斗，抢收抢种日子不等人。白天从地里掰下来拉回来的玉米棒子一大堆倒在院子里，连个插脚的地方都没有，绊人，就着月亮剥皮收拾了最好。玉米皮留三五片不是最外面的老皮，也不是最里面的嫩皮，适合绑，两个四个绑在一起，绑好的垒在立柱上，挂在房檐下，或者辫成辫子挂在山墙檐墙上。玉米皮剥得少了绑不住、狗牙样长得不完整的玉米棒，就剥干净放在房檐台窗台上晾晒。红红的辣椒摘回来，准备卖干货的，就得一个个绑起来一串串挂在墙上晾着；要是有贩子收购，自家打算卖湿的，要一个个摘了辣子把把，拣干净里面绿的紫的、水花烂了的和草叶枝枝，贩子才会收，也能卖个好价钱。黄的豆子摊好晾晒，绿的摘下豆荚剥出豆粒方便水煮当零食。尽管人从早到晚累死累活，但总比秋物旱死涝死、收的没有种的多、冷冷清清强。屋里屋外红的黄的堆得满满的，人睡在炕上心里踏实。

十五的月亮十六圆。十五的月亮能引起海洋潮汐，也能让人产生“生物潮”。望着皎洁或者昏黄的圆月，人往往会浮想联翩、情绪亢奋，也许还会有人狂躁不安、精神失常。平常人仰望桂树下抱着玉兔的嫦娥，心里想想花好月圆的情和景，哼几句民歌、小曲，也是常情常理。文雅风趣的，吟唱几句“海上生明月，天涯共此时”“明月松间照，清泉石上流”“今夜月明人尽望，不知秋思落谁家”，表表情思；自问几句“今宵酒醒何处，杨柳岸、晓风残月”“明月几时有，把酒问青天。不知天上宫阙，今夕是何年”，发发感慨。情深风骚的，或能想起另外一些回味咂摸的言语场景，比如想起她说：“天上的月亮又圆又白。”答：“你身上有些东西，比天上的月亮更圆更白。”她问：“月饼爱吃咸的还是甜的?”答：“你身上的月饼，自然是甜过了蜜糖。”

豆花泡馍

西府凤翔有三宝："东湖柳，姑娘手，金玉琼浆难舍口。""东湖柳"是指城东东湖的柳树，是大文豪苏轼在凤翔任通判时所植；"姑娘手"是指姑娘手巧，她们手下的剪纸、泥塑、草编、刺绣、布制品、面花、木版年画等民间工艺品精美绝伦，也使凤翔享有"民间工艺美术之乡"的美誉；"金玉琼浆"不是指现在四大名酒之一的西凤酒，而是指凤翔独有的名小吃——豆花泡馍。

豆花泡馍的豆花要比豆腐脑、蒸碗豆花老一些，又比嫩豆腐要嫩一点，吃到嘴里刚好有点缠头；馍要倒入豆浆锅里稍微煮一煮。蒸馍锅里一煮太面，上不了筷头；烙的干饼子得煮半天才能煮透，费事；锅盔切成片，不薄不厚，最合适。切好的馍倒在烧开的豆浆锅里煮着，前面一个人的煮好捞到碗里，舀两三片热豆花，一两勺豆浆，调上盐、醋、辣子，后面一个人的馍就煮好了。不管什么馍，都以刚煮透为好。要是顶上能搁些煮熟的黄豆、咸菜、香菜，当然更适口。

一碗好了的豆花泡馍，豆花"嫩"，豆浆"煎"，辣子油"汪"，碗里白中有红，红中透白，有黄有绿，豆香扑鼻。吃一口馍，筋筋的；吃一口豆花，滑滑的；喝一口豆浆汤，暖暖的，简直香死人，"嫽咋咧!"

高中在镇上。镇上有一两家天天卖豆花泡馍的。隔三岔五的，早上两节课后，胳膊下夹着搪瓷碗，碗里扣着一片老娘烙的锅盔，吃一碗豆花泡馍是最大的享受。卖豆花泡馍的也卖切好的锅盔，费钱不说，一份还不够吃，还是自家老娘烙的香甜，有多没少。再说，馍多了，汤少了，可以添汤，添汤不要钱啊！去的时候一个个急猴猴的，回来时三五一伙，腆着肚子，迈着八字步，在公路上横排着队，悠悠闲闲地踱进教室。不用言语，别人就知道这伙人早上吃了啥。

镇上一家新开的食堂也卖豆花泡馍。早早跑去，提刀切馍。人家是正规食堂，刀不像往常那家路边摊的老铁片，是厨师专用的大刀。一刀下去，我的左手大拇指半个指甲就没了，幸好没切掉指头蛋，只切开了个月牙口子。别人都说那家泡馍地道，但我只记得他家的大刀，不想他家的泡馍。

那两年，豆花泡馍没少吃。

千里外的我，有时突然很想念家乡的豆花泡馍。只是想着，就好！

五月飞雪的早晨，咥了一碗牛肉面，打个饱嗝，我又想起了豆花泡馍，也想起了那些年一起吃馍的伙爷，想起跟他们在一起打打闹闹的日子。我还想用方言和他们争扯辩白，他大舅他二舅都是他舅，高桌子低板凳都是木头，到底啥意思！

走，吃豆花泡馍！走，辣子放红红的，添三遍汤……

喝杯奶茶

∾

汪曾祺先生戏说自己“有毛的不吃掸子，有腿的不吃板凳，大荤不吃死人，小荤不吃苍蝇”。对于有的人来说，喝奶茶虽不须有汪老这么口粗，但也得有点勇气。我对奶、奶酪、奶制品谈不上好与不好、爱与不爱，倒是几次喝奶茶的片段，如在眼前。

第一次喝奶茶是和同学去天祝的山里玩，吃肉喝酒，酒醉。有人问：“奶茶喝不喝？解酒。”“喝，弄点尝尝。”奶茶是装在一个暖水瓶里提来的，不像电视上演的是一碗一碗端的。有人尝一口，腥膻喝不惯。不知是我实在醉了，还是本身不忌口、什么都喝，竟然喝了一碗又一碗：热热的，咸咸的，一丝茶苦味，奶香满口，一壶奶茶几乎全让我包圆了。从此记得：“暖瓶不仅是装开水的，也可以装奶茶。咸奶茶真好喝！”

在肃北草原牧民的帐篷里休息。人人席地而坐，主人自然地熬茶招待。火炉子上坐上锅烧水。水烧开了，抓一把茶叶扔进去，等着水翻滚两下有了颜色，从旁边的奶锅里舀几勺鲜奶扬入茶汤，茶熬好，随手捏一撮盐扔进锅里，一人一碗。第一次亲眼看着制作奶茶，知道了原先的错误：我认为奶茶是在奶里下茶叶熬煮而成的。回味那情那景：主人好客，但没有嘈杂的草原民歌草原舞；奶鲜奶香，人人沿着碗边轻轻地吮吸。瓦蓝瓦蓝的天际看不见一丝云，干净透亮极了。草坡上，十二三、十五六岁的两个男孩不管不顾地趴在地上，手里端着个棍子当枪，眯眼瞄准远处，嘴里模仿“啾啾”的子弹声；简易发电风车的叶片“呼啦呼啦”有一下没一下地转着。一碗奶茶，喝出了大草原的风味。从此记得：“正宗的奶茶，就该是这样喝的。”

“番人嗜乳酪，不得茶，则困以病。”藏族人嗜好酥油茶，拉萨城的奶茶店满街都是。吃早点时，小巷深处食店的奶茶用保温壶装着，分一磅、两磅、三磅。奶茶是甜的。寻找记忆里的咸奶茶，不见。后来才知道，城里的奶是大公司生产的袋装牛奶，本身加了糖，奶茶自然只能是甜的。倒是奶茶店的藏面吃得香：筷子粗的面，指头蛋大的方丁牛肉，没有添加味精鸡精，纯纯的肉汤，有味。在拉萨，每天的早点两三磅奶茶是一个记忆。雪顿节的晒佛大会上，人山人海。有一家藏族人在熙熙攘攘的人群中找了一块席大的空地，铺开布单，摆上酸奶等各类奶制品和油果子、水果，自顾自地享用，全然不在意周围的人。游人看的是热闹，他们过的是真正“吃酸奶子的节日”——雪顿节。

苏干湖边的奶茶，喝起来寡淡。后来发现老板用的是城里人常见的纸箱子袋装牛奶，一大铝茶壶奶茶只兑两袋牛奶，味道能不淡吗？也就是糊弄游人路人的。

祁连山野炊，饱食羊肉之后，一壶黑苦黑苦的老茯茶兑一袋牛奶，人人争抢，大人小孩男男女女喝得有滋味又高兴。解腻啊！

天冷了，喝一碗奶茶吧！甜的也罢，咸的也罢，有奶皮子、奶疙瘩也行，酥油呢，有就来一点。静静地，来喝一碗纯纯的奶茶吧！

蒙古族老大哥说：“你这茶不正宗。正宗的应该有点泛红。”

是啊！我仅仅是用开水冲泡茶叶，茶水兑的酥油、牛奶，没有经过熬煮，火候不到啊！

伤食

∾

《医宗金鉴》载：“伤食，谓伤食病症，如痞胀、哕呕、不食、吞酸、恶心、噫气之类。”

《管锥编》记：“盖男女乖离，初非一律，所谓‘见多情易厌，见少情易变’，亦所谓‘情爱之断终’，有伤食而死于过饱者，又有乏食而死于过饥者。”

∾

玉米棒子好了，剥开玉米皮，颗粒初熟刚饱，大拇指甲一掐，面水能喷到人脸上，煮了又甜又糯，吃起来正当时，刚好。玉米棒子嫩得能煮着吃的时间前后就十来天，等过了这时间，玉米就长成粮食了，不适合煮着吃了。在收获玉米的时候，绝大多数棒子都变黄成熟、粒粒饱满，也有个别的二棒子、指头细的弱苗结的半拃长棒子还绿绿的，撕开皮，里面的玉米粒像狗牙一样，一掐还有点面水。这样的棒子尽管时间到了，但没成熟，水大面少，费心搓下来晒干，米粒也皱巴巴的，一个个像老婆婆的嘴，只能当饲料，还不如趁嫩的时候，该下锅煮的煮，该扔到后院鸡棚猪圈的扔。什么东西都是正当时好。这些棒子煮熟了吃起来少了香甜，但耐嚼，有些嚼起来甚至像脚底茧，嚼得人下巴牙叉骨酸困酸困的。玉米棒子成了粮食也是好的，它们最终都会成为粮食，是粮食也就耐饱，吃一个顶一个。

我曾经把玉米棒子吃了个痛快，以至于吃伤食了。让我吃伤的是一种叫“户单”的玉米，不叫“郑单”“中单”。圆圆的玉米粒金黄金黄的，不是又扁又白的，啃完玉米后芯子红艳艳的。那时上中学住校，一周回家一次。前一周玉米穗子上的红缨子还亮亮的新鲜着，没有变干变枯，用指甲壳撕开一小角绿绿的玉米皮，棒子上刚有了一些点点颗颗，嫩嫩的啃都啃不上嘴。再说这样吃也可惜了，一棵苗由小到大几个月时间长个棒棒不容易，等再长长，次周就能吃了。玉米能煮着吃的时间，没有几个六天七天等人。等到次周，天又下着连阴雨，人出不了门、脚进不了地，那就再等七天。又一周过去了，玉米粒已经熟得发硬，指甲勉强能掐进去，煮熟后便少了嫩玉米棒子的软糯香甜。我那次就是吃了已经长得有点老的玉米棒子，吃伤食了。自家种的玉米，掰回来一拌笼，煮了一大锅，在家里吃饱了，下午到学校时还背了几个，到学校后天黑睡觉前又忍不住啃了几个。半夜，胃里翻江倒海，差点没把人疼死。第二天，坐在教室板凳上直不起腰来，趴在桌子上又难受了一天。从那以后，我见了玉米棒子就没了好感。

又过了几年，看着别人手里的玉米棒子有点眼馋，试着掰几颗玉米粒放进嘴里，嚼起来蛮香甜，刚咽下就胃疼不适。不知是心理作用，还是真的把胃吃伤了，后来十几年再没动过玉米棒子。

地边到处有野灰条，木耳较少见。生产队放牲口草料、堆柴火的柴园子里，不知道哪个树桩上长了一簇黑木耳，母亲采来给我补充营养。我趴在窗台上，一边在本子上比画着骆驼和羊不知是高些好，还是矮些好，一边在心里检讨自己的长处和短处，不知不觉一盘木耳炒灰条就下了肚。晚上上吐下泻，后院跑不及。从那以后，吃饭桌上再也见不得黑木耳和野灰条。

还有一段时间，我不吃水煮的白萝卜。白萝卜生吃的味道脆甜或脆辣，吃完上边打的嗝和下面放的气都不是一个味。切好的白萝卜丝和面条放进锅里一起煮，煮熟的白萝卜有一股萝卜气，还带点微微的苦味，入口软绵绵的，一个冬天就把人吃得够够的。那时冬天好像没啥菜，不是白菜就是萝卜，一斤才一二分钱，主要是都便宜。不知是嫌萝卜便宜还是吃够了，煮熟的白萝卜，小时候也不爱吃。

后来上学，爱上了兰州牛肉面。牛肉面讲究“一清二白三红四绿”，少不了几片煮熟的白萝卜，慢慢地，还好吃上了一口水煮白萝卜。一次去个小饭馆，端上来的牛肉面里不见一丝绿，萝卜也没有，心里想着：“连萝卜都舍不得放两片，这个店恐怕开不长吧！”果不其然，没注意这个饭馆就不见了，心里想：“它早该关门大吉。”另有一家常去的牛肉面馆，有一次，我又对舀汤的伙计说：“多放点萝卜”，好心的后生小伙直接捞了半笊篱倒在牛肉面碗里，高乎乎的。后来一想，他这是激将我。从那以后，他家牛肉面馆也不好意思再多去了。几片水煮白萝卜，也有过犹不及的理。

但在甘肃，洋芋怎么吃都吃不伤人。切丝切片炒了当菜，煮了当主食，煮熟砸碎砸面做成洋芋搅团，磨成粉做成洋芋粉条，叉子叉成丝和上面水煎成洋芋粑粑，切了片切成条油炸拌上调料当零食……百吃不厌，没听说过谁让洋芋吃伤了。一伙醉汉吆喝着主人没上学的娃娃：“把你老爸最爱的东西拿出来，给叔叔们看看。”娃娃跑到厨房，抱出来几个洋芋，心疼地说：“这就是我爸的最爱！”

小时候看大人做肉臊子，好容易熟了，在锅边等上半天换来的是碎碗碗里盛给的半勺，这就算大方得很了。并再三告诫：“热肉不能多吃，吃多就吃伤食了，下次再想吃也不能吃了。”刚上班前几年，热腾腾的大块手抓羊肉上桌，每每顶饱吃，也不见吃伤。看来，热肉不一定能吃伤人，大人说的也不一定全对。

近些年，知道黑木耳之类的黑色食物养肝养脾胃；野灰条适当吃些，败火最好；玉米嘛，算粗粮，也有营养。母亲也在耳边念叨：“五谷杂粮都吃些，对身体好。一次少吃一点，要润着吃，像给马驹润草、猪娃润食，一点一点来，就好了！”我慢慢尝试着。

这两年，我在楼下的花坛种了不少蔬菜，种得多、长势好的就算洋芋、萝卜、玉米了。玉米有甜的、黏的、糯的、水果味的。看着一株株玉米抽出了白色的天花，长出了红色的缨子，我天天都要围着转几圈。今天，忍不住又用指甲撕开绿绿的玉米棒子皮，发现玉米颗粒有了面水，立即拣大些的掰了几个，煮了一锅，吃了个痛快。不知到了明天，我会不会又吃伤食了呢？

刘鹗说：“太痛快了不是好事：吃得痛快，伤食；饮得痛快，病酒。”真的吗？

九九八十一

小雪过了是大雪，大雪过了是冬至。

冬至是白天最短、黑夜最长的一天。物极必反，既然冬至白天最短，那从冬至算起，天也就会一天天变长，直至夏至。一辈一辈人传下来的俗语说得形象生动：“吃了冬至面，天光长一线。”“过了冬至，天长一枣刺；过了五豆，天长一斧头；过了腊八，天长一杈把；过了年，天长一椽；过了正月十五，天长得没谱。”

“数九数长哩，数伏数短哩。”冬至这天开始交九、数九。尽管冬至这天太阳晒的时间最短，但由于地表温度延迟的原因，最冷的往往是冬至后半个月，即三九四九最冷。《数九歌》把节气时间和人的行为说得准，词短还押韵。娃娃最爱唱《数九歌》：

头九温二九暖；三九四九冻破脸；五九六九，沿河看柳；七九八九，过河洗手；九九归一九，耕牛遍地走。

也爱唱《九九歌》：

一九二九，关门厮守；三九四九，冻破砖头；五九六九，人人抄手；七九八九，阳坡看柳；九九八十一，老汉顺墙立，冷也不嫌冷，只害肚子饥。

小学时背九九乘法表口诀，有调皮的最后往往刹不住嘴，加几句："九九八十一，老汉顺墙立；九九八十二，老汉顺墙尿；九九八十三，老汉蹿一蹿……"要是被老师听见，少不了挨几下耳刮子，更免不了数落训斥。

"九九八十一，老汉顺墙立"，同学国栋在班里续得最好。他能续到九九八十九，押韵顺口，不重复，尽管他的语文成绩每次都不及格。这就从另一方面验证了语文成绩好与说话生动形象是两码事，更能看出语文老师的没用。国栋管不住自己的涎水，不知吃了多少他妈捡拾来的骟匠割下来的猪卵蛋，但还是流着涎水。他更管不住他的嘴，只要背九九口诀，九九八十一后他必定会接下去，不管老师在还是不在。于是，他也是挨老师耳刮子挨得最多的，哭的次数也是最多的。国栋哭的时候往往有些夸张，有时我们连老师巴掌触到他脸上的声音都没听见，不管轻重，他就伏在桌子上哼哼唧唧，抽抽搭搭，两只袖子左抹一下眼泪右抹一下鼻涕，下课铃就响了。

国栋还有一个毛病，就是老是尿到裤裆上，有他自己的尿，也有别人的。国栋和我们在同一个学习小组，放学后一起写字做作业。写字时间不长，就有人想尿尿，一个人往外走，其他人也会忍不住尿急。刚开始，大家都齐齐排成队，屁股向前撅起，挺起挺起，踮着脚尖，人都成了一张弓，比着谁尿得高、尿得远。后来有比不过的，一个跑到后院粪堆上朝下尿，另一个跑到了庄子边土崖上，还有一个跑到崖下的河道里……于是，一个比一个尿得高、尿得远，从来没人能断清个输赢。我们的生字作业也就写到了河滩上，写成了蓝天白云。

"七七渡劫，八八得道，九九归一。"佛教中"九"是个大数字。唐僧西天取经，历经九九八十一难，才能显示向佛的心虔志诚。只有顺利渡过八十一难，方能"修成正果、求取真经"。一般人不取真经，但一辈子的磨难哪止八十一难？有人信佛吃素，那算是俗人向佛靠得很近、很虔诚的了。外婆算一个，她老人家信佛吃素。外婆年轻时病不离身，棺材准备了三五回。等病轻了一些，旁人突然殁了，棺材就让给了人家，一次又一次。自己的老房棺材让别人装走了，是别人替代自己先去了阴间，增加了自己的阳寿这是好事。后来外婆吃了素食，忌口，忌的是“大五荤”，肉蛋葱韭蒜都不吃，一直活了八十四岁。外婆偶尔来我家，便难为了做女儿的我母亲，想孝敬她好吃的也没办法做，只好割一斤豆腐下菜。我们吃不了鸡蛋吃不了肉，解不了馋不说，还得陪着清汤寡水地吃素食。外婆殁了，丧席自然也是全素的，费了不少清油、豆腐，难为了厨师，但人人都吃得香，被村里人好长一段时间挂念，也真难得。丧后“做七”，外婆的和别人的不一样，别人是七七四十九天，外婆的是以九九八十一天计算。多了几十天，也多了几分对外婆的怀念。

九九归一，再大的数字也是从一开始。数字不必求大，人生亦不必求全求美。有句曰：“情深不寿，强极则辱，谦谦君子，温润如玉”，真是道出了人生的大境界。是的，万物有度，“无为而无不为”，心平气和，保持一点本真，自然而然就好！

迎来六一

~

整个五月，天气都忽冷忽热，前一天还艳阳高照，第二天就风雨夹雪，毛衣刚脱下身，又翻箱倒柜寻出穿上，来来回回三四次。这不，都快六一了，早晨穿着毛衣还冻得人瑟瑟发抖。窗外，红衣女子拉扯着花枝招展的姑娘，脚步匆匆，实际时间比往常还要早好多，急什么呢？她歪着头一边走一边说着什么，是在抱怨要迟到了？是在数落昨晚半夜才回家的酒鬼男人？还是在诅咒这阴晴不定反复无常的天气呢？哦，今天是六一国际儿童节，她们是急着参加六一儿童节的表演呢！

节日前的事情比平常要多得多。比如要准备礼物，要准备好吃的，还要休息，还要好好玩……事多了，感觉白天也比平时长了许多。六一前几天十几天，娃娃们还要排练节目。演出当天要早起，要化妆梳头，要排队等候，先挨冻，再流汗，最后上台演那辛辛苦苦排练了很长时间、不知多少遍的节目。节目实际很简单，不是跳舞就是唱歌，不是群舞就是独唱。演完节目，剩下的半天时间才是自己的：拿上大人给的节日零花钱，买平常大人不让吃的不让玩的，疯闹疯玩。大人们在这段时间也会更忙：要提前操心为娃娃置办节日礼物，买新衣服新鞋新玩具；要起得比平常早，给加练节目的娃娃多带一些吃的喝的；要早送迟接，要到娃娃排练的地方陪伴照料，要一起观看自家娃娃的演出节目……不管节日到没到，大人娃娃都先忙起来，节日的喜庆到处洋溢着！

记忆中，在不多的几个六一儿童节里，借衣服是个难为事。白衬衣黑裤子，红色的运动衫袖子两边、裤子两边的白道道要两条，三条的不要；蓝色的运动衫袖子两边、裤子两边的白道道要三条，两条的不要；蓝色必须是天蓝，不是深蓝……每年的衣服样式、颜色的要求好像都不一样，也没几家专门为娃娃几个节目而置办那么全的衣服，于是便你借我的，我借你的。小娃娃借着穿大娃娃的，大娃娃有时还得穿小娃娃的。这样的衣服难免不合身：裤子长了，折褶一个摞一个，挽三挽堆在脚跟；短了，穿着裤子还露半截腿。上衣窄小了，人穿上像耍猴的；上衣宽大似袍，人穿上像演戏的。穿上不合身的演出衣服，还没演节目人人都像演员了。看着人人都穿着不合身的衣服，有的嬉闹开玩笑，有的嘟囔抱怨而挨了大人打骂在哭闹，这好像才是真正过六一的气氛。

还有就是准备演出的道具：两手各拿一束花，要求是塑料花，一般家里柜子上瓶瓶罐罐里就有，不用到处借；要是纸折的大红花，还得花两毛钱到代销站买两张大红纸，搜罗一截细铁丝，求情下话找会折叠的人扎两朵。有一年，道具是木头大刀，老师让队员自己准备。回家给大人一说，回话就一句："没有，不让参加表演就算了。"可没把人愁死。大人哪知道，大刀表演队也不是人人都能参加的，是老师按照标准选的，一半人选不上。臭娃因为排练时嬉闹，选上了又被开除出了大刀表演队。他那天下午看着我们训练，哭到了天黑还不回家。我因为个子矮，先是担心选不上；后来选上了就不再担心被开除，因为我干啥事都最听老师的话，从不会捣乱。当上了大刀表演队队员，可没有一把木大刀，实在是美中不足、幸中不幸。家里找不见一块木板，就是有木板，我自己也没本事削出一把木刀啊！那一段时间最眼热平娃了。他是爷爷心疼的大孙子，刚好他爷爷是个木匠。第二天上学，他就拿来了爷爷连夜削的木刀，像模像样，刀把子上还绑着一绺大红绸子。他有了刀，人的精气神一下子冒上来不少，说话高声尖嗓，人也跟着牛起来、阔起来。排练动作时，有刀的趾高气扬，没刀的拿个树棍棍比画，装模作样羞死人，还得装着士气高昂的样子认真排练，就是心里干着急，怪自家没人是木匠。临到六一，要演节目了，能拿来大刀的人也不多，再说拿来的大刀大小样式也不一，好像最后还是学校的老师找人做了十几把长短大小一样的木刀，每个队员一把。这样一来没了区分，原先有刀的一下子又被打回原形，没刀的也长舒一口气，安心了。

六一演出那天，走了五六里路到镇上，先是听主席台上的人“吱吱呀呀”，现在想来应该是表彰讲话之类的，后来台上好像演了节目，但记不清是跳舞还是唱歌。对电线杆子上大张口喇叭的“嘈嘈嗡嗡”声有印象，反正我们练的大刀舞没上台表演。功夫不能枉费，练不能白练。训练的老师也忍不住技痒，让我们在返回的路上向路人演示。结果十几个动作还没表演几个，就由于队列行进慢，压了后面的人而被喊着“让路”叫停了下来。我们一个个像给狼撵似的向前跑着赶路，队列队形也顾不上了，更别说练下的动作招式。几十天放学后辛辛苦苦的排练，愁死人的木刀……到头来只有行进路上那一小段不完整的表演，没听见有人鼓掌、赞叹。还不如国旗手旁边两个当“护卫”的圆脸蛋的同班女同学，摆着手里的大红花只是走一走，就招得路人啧啧，赞叹不绝。

“情动于中，而形于言；言之不足，故嗟叹之；嗟叹之不足，故咏歌之；咏歌之不足，不知手之舞之足之蹈之也。”娃娃们的节目是演给自己看，更多的是给大人看。一个节目排演上几次几十次再演出，娃娃们能从演出中学习到多少知识，感受到到多少乐趣？长大后，也许只记得节日那天的阳光或风雨。

在人生这个大舞台上，我们一遍遍排演，学会忍耐，学会让步，知道了规矩，懂得了秩序！我们一天天长大，也一天天变老，懂得了仁义礼智信，却失去了童趣童心！

年年迎来六一……

做个梦

~

日有所思，夜有所梦。比如，梦见在泥水地里拔出左脚陷进右脚累得要死，急着赶火车上上下下楼梯腿酸得实在迈不动，那是白天走路太多运动过量了；梦见被一条条、一堆堆蠕动的蛇吓得要死，被狗追着咬，那是人心里有事精神紧张了；梦见麦草摞子上一堆鸡蛋，那是白天想着吃一大碗黄灿灿、油洛洛的炒鸡蛋，人馋疯了……

科学点说，梦就是人生理、心理的一种真实反映。比如，梦里魇住了，喘不上来气，大叫大喊却又发不出声音，或者梦见自己从高处掉落，那是手或者腿压住了心口，或者心脏不好；梦见睡在地头，被蚂蚁咬得胳膊疼，醒来往往发现是胳膊压在头下发麻了；梦见冰天雪地凉风习习冻得瑟瑟发抖，那是被子掉到床下光身着凉了；梦见烤着火炉暖暖和和，那是日上三竿太阳晒到屁股上了……

弗洛伊德认为，梦里的瓶瓶罐罐、蜗牛和蚌、出入的门框，代表的是女性；梦里的雨伞、树干、手枪、伸缩的台灯，代表的是男性。

老人说，梦也有好坏：梦见院墙倒了、大牙掉了，预示着要蚀财，不是好梦；平民老百姓做“华盖”梦，也不好；梦见棺材，梦见清水，都是好梦。

人做不做梦，做好梦还是不好的梦，由不得自己。梦是啥？梦就是一幕幕的荒诞剧，一个个最难解的斯芬克斯之谜。

我一闭眼就做梦。皇帝的华盖没见过没想过，我就没做过华盖梦。我不打猎，没去过非洲，不像打鱼老人圣地亚哥（《老人与海》的主人公）会梦见狮子！但我曾梦见飞龙黑蟒，梦见繁星满天，梦见鲤鱼翻浪，梦见蔚蓝的大海，梦见绿油油的小麦，梦见硕大的玉米棒，梦见满地黄花……

我的有些梦还很灵验。比如梦见绿菜，像韭菜、芹菜、菠菜、萝卜缨子，以及大片的萝卜地、长长的豆角啥的，就预示着有客。如果梦里是零星的几点绿，来的客可能是串门的邻居、同事的娃娃；梦里绿得连片，那一定是家里要来大人、贵客，要不就是有人请客。当然，也有梦见了绿菜，到第二天天黑还没客人来到的。这时，我就会有意无意地主动招呼伙伴当客人，坐坐聊聊。哪怕这仅仅是偶尔为之，但总不能让一直灵验的梦白做了。

我爱吃西瓜，还做过关于西瓜的两个梦。一次是梦见艳阳下一车西瓜，绿皮的黑皮的，但不知什么人举着白晃晃的大刀见瓜就砍，西瓜个个开裂，一瓣瓣的红瓤鲜艳诱人。第二天，我被路边广告牌下的铁皮沿割破了头，缝了六针。这也是我从小到大三十年来第一次被缝针。另一次，梦见一个大西瓜被我摔成了八瓣，露着红瓤。第二天，炸裂的啤酒瓶玻璃碴就在我小腿正中割开了杏眼大的一个血口子，缝了三针。从那以后，我不愿再梦见红瓤西瓜——梦见红瓤西瓜，预示着我要流血，不是好梦但很灵验。

昨晚，我梦见回到了学校的教室。教室宽广，光线昏暗，零零散散的人匆匆忙忙，不太认识的同学，课桌上堆积如山的各种零乱资料……一切都模模糊糊、影影绰绰的，只有心里装着大写的明白：一个月还是两个月后要高考了，这是决定命运的考试啊。可是数学公式记不起来，一个个符号看着面熟但不知道代表什么；英语试卷做不完，分词动态记不清；政治在考试，写得人手发麻，还有好几处空白，收卷子的人就等在旁边；化学物理忘了公式……我学的是文科啊，怎么还有化学、物理？我急得茫然乱转，抓耳挠腮，竟从梦里惊醒了，这才恍恍惚惚地想起：明天 6 月 7 日，是高考日。

我相信，挤过高考独木桥的人大都会做类似的噩梦。不管是忙碌的六月，还是收获的七月，梦里高考情境的色调会变吗？做个梦，是让我们再梦回那难忘的高考。

说说戏

~

文学鉴赏课程要讲戏剧文学了。尽管还是文学，但毕竟牵涉戏剧，而我从小有腔没调，不会唱歌更不会唱戏，也没看过几折几本戏，不懂剧本脚本，心里不免打鼓。琢磨间，想起古人说的：弟子不必不如师，师不必贤于弟子。既然古人早就有明断，那就让学生讲吧，刚好也能算用上教学新手法——“翻转课堂”。课堂上，学生兴趣很高，一个个争相上台，一个和一个说得不一样，一个比一个说得好。除了理论上说，还有学生现场演唱，课堂气氛好极了。我猜想，这样教学的效果，比平时一人台上唱白、自己玩好一些吧。

师：我们这堂课学习戏剧文学，说说戏。

生：戏剧文学指供戏剧舞台演出用的剧本。它是一种与小说、散文、诗歌并列的文学体裁。

师：对，这是给戏剧文学下的定义。欣赏戏剧文学，也可用前面欣赏诗词小说的方法。

生：剧本有“案头本”与“演出本”之分。

师：哦，前者一般文学性较强而可演出性较差，后者一般文学性和可演出性兼而有之。“文史哲”不分家，“诗乐舞”三位一体，都要完整，兼备文学、音乐、舞蹈、美术等各艺术门类的特点。戏是“活人当众演给活人看”，要形象直观。内容安排上，时间、空间和人物要高度集中，一般控制在两三小时，不能像小说那样面面俱到，也不能像电影那样自由驰骋。

生：戏剧按艺术表现形式可分为话剧、歌剧、舞剧、戏曲等，按篇幅长短可分为独幕剧、多幕剧，按内容、性质及美学范畴可分为悲剧、喜剧、正剧等，按题材的时代性可分为历史剧和现代剧。

师：这是给戏剧分的类，便于学习理解，很全面。能看作品更好，如莎翁的悲剧、喜剧，都是世界经典。差不多同时代的元代四大戏剧《窦娥冤》《西厢记》《牡丹亭》《长生殿》是中国悲剧传统剧目，也是精品。

生：悲剧将人生有价值的东西毁灭给人看，喜剧将那无价值的撕破给人看。

师：尽管我们吃鸡蛋可以不用追寻下蛋的母鸡是哪个，但我们要知道，这话是斗士鲁迅先生说的。喜剧中往往包含着悲剧的底蕴，悲剧也渗透着乐观的因素。现代社会，悲喜剧多交相混杂，不仅有悲喜剧，还有荒诞剧、黑色幽默剧等错综复杂的美学形态。

生：戏剧欣赏是一种审美活动，是主体对客体的欣赏、感受和体验关系。下面我用手机放一段黄梅戏，请大家欣赏。

“树上的鸟儿成双对，绿水青山绽笑颜……你我好比鸳鸯鸟，比翼双飞在人间。”

师：这一段《天仙配》旋律舒展，韵味浓郁，弦乐伴奏欢悦跳跃，吐露了二人内心的喜悦，不知大家有没有感觉到这些？

生：中国有五大戏曲剧种：京剧、越剧、黄梅戏、评剧、豫剧。我是天水人，这些我都不会。我从小就听过咱西北人最熟悉的秦腔，唱两句，大家别笑。《周仁回府》第一场，托妻。

“一霎时只觉得天旋地转，恨严贼逞淫威一手遮天。背地里把圣上一声埋怨：宠奸贼害忠良不辨愚贤，老爹爹禀忠心反遭刑贬，年迈人怎经得牢狱熬煎？眼见得我一家难逃劫难，倒叫人无主意恨地怨天……”

师：慷慨激昂，咬字清晰，挺专业的啊！继续努力，会成为一个角儿。成不了角儿，平时吼一声，是不是人也感觉轻松舒坦了？这就叫“陶情益智”。这一段唱词对仗工整、押韵和谐。戏词一般都是这样，读起来唱起来都很顺口，值得我们好好品味！

我是西府人，从小在秦腔的吼叫声中长大，我也来说说秦腔。依我所见，按照戏里人物的大小，戏（秦腔）就分两拃长的牛皮灯影、三尺长的木偶和七尺真人大戏三大类。

先说皮影。我们方言又叫作“灯影”，顾名思义，就是通过灯光把雕刻精巧的皮影映照在幕布上，由人在幕后操动影人，伴以音乐和歌唱。演皮影的戏台子一间房子大小，是台前撑一块白纱布作为屏幕当“亮子”，操作皮影者站在幕下，把皮影贴到屏幕上，灯光从背后打出，观众坐在与灯光相对的方向观看幕上的影子。白天用的是自然光，晚上早先年月用马灯、汽灯，后来有电了就用电灯泡借光显影，堪当现代电影的始祖。牛皮皮影当然是牛皮的多，也有用驴皮、马皮、猪皮的，还有用硬板纸的。两拃长的影子人，大大小小的道具桌椅花草配景，刻的刻，留的留，细的地方发丝可见，实的地方大片留白，夸张的装饰纹样，疏密相间，虚虚实实，画得红红绿绿五彩斑斓，形象生动，很见功夫。皮影后面有筷子长的几个竹棍木棍，供操纵者把拿。演出时，演唱者和操纵者须默契配合。表演技术娴熟的，人称其为“把式”，可一手拿两个甚至三个皮影，厮杀、对打，套路不乱，天上能飞，地下能钻，令人眼花缭乱。利用皮影的半透明效果，可以不避影像重叠，如穆桂英坐至椅上，因影像重叠变暗，影影绰绰，效果也好。

“一口叙说千古事，双手对舞百万兵。”皮影戏班极其节约紧凑，三五人七八人，一家子弟兄堂弟兄几个，加一两个姊妹妯娌就是一个戏班。一人司多职，协作极其重要。主唱者要生丑净旦都能唱，老腔一声“满台吼”，戏班里所有人都要“帮腔”。管箱柜的，操作皮影的签子手，敲梆子拉胡胡的，都能唱几句。男子能唱女声，女子也能吼男腔。皮影戏用的乐器比较简单，除过板胡、月琴、笛子、唢呐，基本都以打击乐器为主，如梆子和碗碗。看皮影主要看老腔的清唱，多慷慨悲壮之音，因此方言里又叫“干咋”。皮影戏的内容以神话和历史故事为主，如《游西湖》《哪吒闹海》等，也有一些反映日常生活趣事的小剧目，如《懒婆娘》之类。一般都在农闲时节演出，春祈秋报、娱神敬佛、禳灾求福、驱邪避鬼、保佑平安等，这些民俗信仰是皮影戏得以生存的肥沃土壤。

与真人表演的“大戏”相比，皮影有俗、小、神的特点，请起来不费多少花销，与早先农村人没钱的实际情况最相合。唱皮影，不管是撼天动地的老腔，还是节奏单调的梆子唢呐，就是听个响动。看皮影戏的大多是上了年纪的老汉，他们戴着黄铜架子的圆圆的石头墨镜，顶着草帽，咬着烟锅，把自己萦绕在岁月的烟雾里。

张艺谋的某部电影中的一些片段和音乐背景用的就是西安往东的老腔皮影，和我们西府皮影有一点点差别。庆阳环县的道情皮影是唱皮影戏说佛道故事，是一种地方文化，这几年也闹出了名堂，申请成了“非遗”。也只能如此了，现在没人演皮影，就是演了，也没几个人愿意看、能看懂。

再说木偶戏。人富裕了一些，请皮影戏班子就显得小气，那就请大一点的木偶戏。比如二十世纪八十年代刚包产到户，我们南庄的两个队一个姓百十来户人就请了一台木偶戏放在庄子上演，红火了几天。

木偶戏台子要有两三间房子大，台子前面搭一个一人高的横挡，台子后面挂一块背景幕布，台子上方要悬挂汽灯、电射灯，要不到了晚上整个台子就亮不起来，观众看不清台面上演的戏。我们西府演的木偶戏和影视剧里欧洲人手撑在布玩具里演的布袋木偶不一样，也和咱南方一根木头上刻个相貌变换着服饰的杖头木偶戏，以及人从上面提着线绳摆弄玩具的提线木偶戏不一样。西府木偶有三尺高，头用木雕或者石膏纸糊，大小若拳头，按照人物性格精心设计，并用拉线、拔棍等把眉眼、下巴、耳朵装成活动的，机械无情的木偶就变成了感情丰富的剧中人。给木偶穿罩上戏服，两个胳膊和身子里有三根竹竿拔棍撑着，方便做动作。木偶大小如猴，人把木偶的双臂举起来在台子围挡里表演，外面看戏的人只看得见木偶，看不见撋举木偶的人，因此，我们也把这种木偶叫“撋猴”，把木偶戏叫“耍撋猴”。看了木偶戏，娃娃们也找三个木棍棍绑在一件衣服的两个袖子、身上，就是一个简易的木偶。他们喊天叫地，互相打斗，能玩半天。现在木偶戏比皮影更少见，几乎绝迹了，就是有都进了博物馆——连同我儿时的记忆。

最后是大戏。大戏就是真人演戏。现在秦陇大地上的各种秦腔剧团唱的就是大戏。大戏的舞台很大，大五间房都打不住。戏班子人多，一本戏光演员就有十几二十人，还要加上化妆的、敲鼓拉胡胡的。演大戏的锣鼓家私都很全，板胡二胡，二弦三弦，长笛短笛，扬琴琵琶唢呐，大小喇叭，暴鼓干鼓堂鼓，句锣小锣马锣，铙钹铰子梆子，等等。大灯小灯、舞台布景、戏服道具好几箱柜，得用汽车拉。镶着大小珠子毛团的凤冠霞帔，彩旗靠背野鸡翎，红绿黄白黑五色蟒袍，一拃厚的白底黑靴子，黑的白的灰的黄的长的短的髯口大胡子……都是看头。道具兵刃器械锏矛剑戟，对打起来“砰砰叭叭”作响，和真的一样。演大戏时，我已经和戏里的人一样高，有时会分不清戏里戏外的世界到底哪个是真，哪个是假。

刚上初中那年，村上盖好了戏台，请来了县剧团（凤翔县秦腔剧团）唱打台戏，以震台、祭台。有人先用五色线把台口封住，黄裱制成小旗贴在线上，舞台四周分别贴上“朱雀、玄武、青龙、白虎”。情节有黑虎赵公明鞭打五色线，刘海洒金钱，灵官踩瓦，咬鸡仙当场咬死大红公鸡，用鸡血祭台，天官赐福，魁星点元等。打完台才能开戏。听说在最早时，严格的打台戏的演员相属都要和当地测算的需要的相属一致，才能上台扮演；羊鸡狗猪这些小属相不能做打台的演员。打台戏唱得好，首先对演职人员好，不会塌台出事故；其次对地方好，地方安稳发达。我们村的打台戏就因为灵官没踏碎舞台西北角的黑瓦，西北角的七队就莫名其妙地疯了一个人、死了一头驴。

不管皮影、木偶，还是大戏，唱的都是秦腔。秦腔里的板腔真嗓酥板乱弹，潇洒自然；彩腔假嗓音高八度，感情激荡。欢音腔欢乐明快、刚健有力，擅长表现喜悦、欢快、爽朗的感情；苦音腔深沉哀婉、慷慨激昂，适合表现悲愤、怀念、凄哀的感情，最能代表秦腔特色。外地人说："唱秦腔，一是舞台要结实，以免震垮了；二是演员身体要好，以免累病了；三是观众胆子要大，以免吓坏了。"三秦大地民风淳朴，人性彪悍，台上花脸吼起来，只要台下观众心情欢畅，不怕震塌戏台。

我五音不全，别人唱歌唱戏时只会用指头敲着桌子，在旁边打个节奏敲个边鼓。偶尔也有例外，比如圆桌上，脸红了、舌硬了的我会不由自主站起来，左手背空抹一把鼻子，右手心胡抹一把嘴唇，提一提裤腰，"咳咳"两声清清嗓子，吼一声"我叫叫一声——狗娃——狗娃——"这一声是现代经典秦腔《血泪仇》里王仁厚唱的第一句。我以正宗的苦音，一字三叹，声高八度，气长一丈，高昂激越，悲愤凄凉，情真意切。仅仅这一声，全馆全厅三邻五舍的闻声都会纷纷探头探脑。问："谁唱得这么凄婉心伤？比窦娥还大的冤情吗？"我答："耍猴演戏，戏如人生，人生如戏，我这是唱戏呢！"问："狗娃是啥意思？"我说："就是和牛娃、猪娃一样的乖娃娃、嫚娃娃的意思。"又问："那我们都没违法乱纪是良民，我们都能叫狗娃了？"我说："对对的。"实际上，他们哪里知道，狗娃是大人喊小孩、爷奶喊孙子的叫法。我要是再唱，下面一句跟着的是："不明白的狗娃，我糊涂的小孙孙啊！"

杨绛殁了

~

杨绛病逝了，享年百岁过五。

杨绛给自己起的笔名是“绛”，来自“季康”的吞音。世人不知什么时间称呼她为杨绛先生。“先生”这个称呼放在女人身上不容易，不仅要有大学问、人品好，还要年龄足够大，得一百岁左右吧。比如冰心先生、苏雪林先生、张充和先生等。获得“先生”这个称呼的女人不多：成绩要靠奋斗获得；年龄更要奋斗，还不一定能得到。

杨绛是钱钟书先生的“妻子、情人、朋友”，也是著名作家、文学翻译家和外国文学研究家。钱钟书有名著小说《围城》、古籍评论巨著《管锥编》。杨绛翻译了西班牙名著作《唐·吉诃德》，她还写了《干校六记》《洗澡》《我们仨》《走到人生边上》等。钱钟书说，杨绛是“最贤的妻，最才的女”。

杨绛极为聪明，且爱好读书学习。她曾对人讲起：“一次父亲问我：‘阿季，三天不让你看书，你怎么样？’我说：‘不好过。’‘一星期不让你看呢？’我答：‘一星期都白活了。’”杨绛爱读书，人自然安静，能“隐于世事喧哗之外，陶陶然专心治学”。

家里有一本《我们仨》，共三部分内容：我们俩老了，我们仨失散了，我一个人思念我们仨。第一遍翻，写得絮絮叨叨，读得朦朦胧胧，好像做梦一样，感觉难过，有点咽。第二遍看，感觉到了一点九十岁老人文字背后的意味，欲言又止，说也罢不说也罢。人生如梦，人生如戏，谁不是在自己的小天地里过平静的生活呢！我还想看第三遍、第四遍……

提到钱钟书，自然少不了杨绛。昨天上课，还和学生说了说他俩。关于《围城》，“围在城里的人想逃出来，城外的人想冲进去。对婚姻也罢，职业也罢。人生的愿望大都如此”。还有关于命运、人生、生死、灵与肉、鬼与神……

以后，还想和学生，和所有能说的人聊聊他俩，以及像他俩一样的人。

怀念杨绛先生！

大合唱

～

太阳很艳，圆圆的，掠过光秃秃的树梢，暖暖地挂在头顶。歌唱吧，愉悦地、心情敞亮地大声歌唱吧！

我们在大合唱。几千年前，宣王也在排练大合唱，这是一个传统。每年都有这样的一个日子，都在这个日子里歌唱。五音不全的我记不住歌词，跟不上鼓点，但没人管这些，只要嘴巴里能响动的都要参加大合唱。指挥说："大家要运气，学会气沉丹田。"于是，耳边哑着嗓子喊的，尖着嗓子叫的，一个跟着一个，"哇哇"一片。

前面那个，后脖子白净净肉棱棱的。他声音一高，两道肉棱就变成了三道；声音一低，三道又变成了两道；再低，又成了一道……变化不断。后面这个家伙，中午吃的应该是蒜蘸面，要不就是羊肉就蒜。气味一股一股的，弄得人耳根酥酥痒痒的。右边的老是唱错词，分不清故乡、故里不说，还咬不清前进、清静，拐带着我也不辨东西……这都没关系，大合唱嘛，张嘴就行。

要数唱得好的，是左边的。他唱得很动情，声音很洪亮，音色谈不上，但听着还合拍合调，可惜他唱得高一声低一声，一惊一乍的。我听着听着，突然记起了他唱过的《割韭菜》《十唱毛主席》《哭三更》等地方小调。于是，我听见了他肚子里的唱词：

“左手提的一个韭菜篮，右手拿的是割韭镰，点点梅花开吆！隔墙撩进一个土块来，你是个学娃你进来，你是个老汉你出去，点点梅花开！哎吆，哎吆。……哎吆，点点梅花开吆！点点梅花开吆！”

嘿嘿，怪不得他有一声没一声的，他肚子里的唱词，一定不是他嘴里唱的。于是，我稍稍偏头，对着他的耳根，清晰地呼出“点点梅花开吆”。他愣了一下神，扑哧笑了，笑得满脸通红。不用言语，我猜中了。他和我肩挨着肩，动情地歌唱着。

我眼睛盯着前方，看到墙上的人。他抿着嘴，笑眯眯地看着大家。他嘴唇红红的，上唇的那点红，是个樱桃，摸一摸，软软的。要是把它捏起来放到嘴里，咀嚼——不用嚼，就那么一点，经不住白牙，吮一下，应该就会有汁液渗入牙隙、舌尖。舌尖是敏感的，一丝甜，一丝酸，一丝涩，只要被细腻地抓住，就不会放过。最后一个长声“啊”之后，我偷偷地咽了一大口甘甜的唾沫子。

指挥没看我。我仍然在卖力地歌唱，一声高过一声，脸红过了太阳。啊！啊！！啊！！！

闲话教师节

第N个教师节到了。QQ空间里有人祝贺，也有人转载了一段关于“教师”的称呼的文字，有点戏谑与无奈。

教师：又名老师；洋名：teacher；曾用名：先生；小名：师父；假名：灵魂工程师；别名：教育工作者；昵称：园丁；外号：蜡烛；经济学定义：低收入阶层；社会学定义：生存型生活者；政治学定义：老九；经常性称呼：知识分子；政府给的名字：事业人员；民政定义：温饱型；真名：穷人。

打开电脑，发现文件夹里存着一个“教师节”文档。再打开，只是开了头，还有几个清贫、老九、自尊、光荣的字眼，原来是个半截子文章。看来关于教师节，早先是有话要说的，但不知说些什么才好。

先说称呼。“老师”这叫法现在说不上好与坏，演戏的、算命的都叫“老师”，更别说济南人见个陌生人张口就叫“老师”。上学前，家里人教导：“上学了再不能像光屁股娃娃没大没小，到了学校嘴要甜，管大人都要叫老师。”上了大学，有位教授讲到“名”与“言”，突然义愤填膺状冒出一句：“在学校，不是什么人都能称为‘老师’的！”醍醐灌顶之下，知道老师不是随便好叫的。

那年回到师大再进修学习，有一天在图书馆前，前面走着几位颤颤巍巍的老人，不经意间隐约听见几句对话："先生说了，这事可以……""哦，那先生说了，我们就依先生……"老人张口闭口言称"先生"，别的地方听不到这样说话的。论文答辩时，文章里提到某"老师"、某"先生"的地方，导师再三斟酌修改：这位可以称为"老师"；这位应该改称"先生"，不仅年龄大，还因为他是这位老师的老师。懵懵懂懂中，感觉老师和先生还是有区别。

再说职业。古人讲"师道尊严"，有"一日为师，终身为父"之说，师位尊如父。但在元朝，又把人的分等排了序：一官二吏三僧四道五医六工七匠八娼九儒十丐。儒生在娼之后，仅在丐之前。老师又叫"臭老九"，就是这样来的。

孔子在封建时代被封为大成至圣先师，历代帝王都会亲自前往孔庙下跪膜拜。但另有的记忆中，小时候刚学会数数，和叔伯家的小姐姐一人说一个数，她往往先说一，我刚说出二，她就回一句："你是个孔老二……"我数九，她就回："你是臭老九……"惹得邻人哈哈大笑。从此知道了孔老二、臭老九不是好话，连带着认为二、九也不是好数字。

有一个时期，师范学校尽管是个小中专，但由于免学费，毕业的人大多当老师，端公家饭碗，所以收的学生都是初中学习成绩顶尖的好学生。当时，能考上师范是很让人羡慕的。我后来上学，有幸厕身老师行列，自我感觉也光荣。有一天，大街上碰见父亲一同事兼老乡，寒暄之余，老人突然冒出一句："你现在还当老师吗？"我知道老人家有一子一女，都是小学毕业，后接班、当兵相继上班，现在工资是我的几倍。不知开口询问者何意，但我现在还是老师。

有故事说，一次中央大学校长罗家伦坐着汽车驶进校门，远远望见中文系的著名学者黄季刚先生挟着一个布包走来，罗校长立刻下车，恭恭敬敬地站在校门口，等着与黄先生打招呼。打过招呼问过好，等到黄先生走远，他才重新坐进汽车。都说黄季刚先生以喜欢骂人著称，但弟子都对他终生敬重，白发苍苍的黄门弟子往往用无比景仰的语气谈论先生。想起我曾经和同学排队在校门外，手举家里的塑料花，跳跃着、呼喊着：“欢迎、欢迎，热烈欢迎。”能记起班长跳得欢实，忘了时间而屎尿拉了一裤子；而健忘的我实在记不起当时欢迎的是谁了。

中学时的第一个教师节，校园里贴出了很多大红纸剪出来的宣传标语。校门口两边的黄土墙上刷了白灰，醒目的大红漆字至今还记得很清楚：“面向现代、面向世界、面向未来，尊重知识、尊重人才、尊重教师。”老师们也有议论，隐约是：搞原子弹的不如卖茶叶蛋的、高板凳低桌子长筷子之语……

上了师大，“学高为师、身正为范”的宣传标语让人知道了什么是师范。前几年，在教师节那天，有商场向教师供应打折商品的广告，有商店免费给教师理发，有旅游景区免费向教师开放……我不知几人能买到打折商品，又有几人能逛免费景区，反正我没在教师节去买打折商品，也没去免费理发，因为我心底里有一种感觉：如果那样，作为教师的我，是不是也成了打折货？我的头，是不是也就被贴上了打折的标签？

韩愈说：“师者，所以传道、受业、解惑也。”这是对教师职责的经典性定论。老师可以是园丁，培育幼苗，如孟子所说“得天下英才而教育之”，是人生一乐；老师更应该是“传道”之人，如庄子所说“薪尽火传”，是人类文化代代相传添薪续火的守护人。

有人说，专门为其设立一个节日的人群，都是社会上的弱势群体。好像也有道理，比如，有妇女节而没有男人节，有儿童节、青年节、老人节而没有壮年节，更没有官员节、商人节。弱势往往意味着清贫和辛劳，同时也意味着光荣与崇高，因此，我们还是应该高高兴兴地庆祝我们自己的节日。但我还是想说，不要教师节，可以吗？

书包

过去的人出门背东西用的是褡裢，一前一后搭在肩膀上，轻省，还能腾出双手，见人拱个手打个招呼，或者自己装个烟锅抽两口。现在的人出门个个背包，一个和一个不一样。比如学生娃，布书包双肩背，或者单肩背，还有提着书包的，吊儿郎当地不像个学生样。干部的包用手提着，要是包小，单手挽着、半抱在肚子前都行，包的质地应该是皮的，人造革的也行，起码看起来像皮的。包里不能装得鼓鼓囊囊的，包要平平展展亮亮堂堂的，这才像个干部样子。女人的包，颜色大小式样要和衣服、人的气质相配，手提着、半挽在小胳膊上、挎在肩膀上紧紧夹在胳肢窝都行。我背过的包不多，也不爱背包，但上学背过几个书包。

上学前班的时候，母亲给我手工缝了一个书包，天蓝色，新布的，上面应该还绣着一朵小红花。背带也是布辫着缝起来的。母亲白天在生产队劳动没时间，只能在油灯下早起晚睡，一针一线，不知道熬了几个半夜鸡叫才做成。那个书包陪伴了我整个小学六年。同学的书包那时好像都是家里人做的，布口袋样式，敞着口，比 16 开的本子大一点，能把拉大字（写毛笔字）的本子平展地装进去，还能装下 32 开的语文数学两本书和同样大小的两个作业本。每个人的书包样式大小差不多，颜色灰的、蓝的多，也有绿的花的，大多是家里有什么一两片没开洞的布，就做成书包了。有的书包正反两样颜色，一面是深蓝的，一面是浅灰的，明显就是两件衣服上裁退下来的。还有的是百家衣样子，大大小小、花花绿绿的布头子，裁成小三角样子，两个大小相等的三角一拼就是个方的，一个书包上有十几个几十个三角形。有的书包在中心用单色的布搭配，拼个红太阳、五角星什么的，紧跟时代也时尚。用布头拼凑的花书包不用花钱，但家里得有手艺好的闲人，一个人手工缝得十天半个月。

学前班和一、二年级时，人小，书包单肩挎不住，往往是把书包背带绕过头，斜挎在肩上。书包吊在屁股上，人一跑起来，扑晃扑晃地扇打着屁股蛋，铅笔盒里面的两根铅笔“哐里哐啷”响着，满是朝气活力。上了三年级，就是个老成的大娃娃了，人走路得有个样子，书包也自然单肩挎。书包吊在身体一侧，走路一只手扶着，顺顺地不乱摆，像个学生样。要不，同学就会笑话：“你咋还像一、二年级的碎娃娃一样（斜背着书包)?”实际上二年级、三年级就差几天，年岁上也差不了几天。但三年级语文就要写作文了，不像一、二年级只看图说话，这是个大事。上学的年级不一样了，多受了一天教育，人和人就不一样。

上了初中要住校，周日下午去，周六早上上完四节课再回来。这时的书包主要是用来从家里往学校背馍馍的。天凉，馍馍能放得住，一天三个，一周背十七八个都坏不了；天热了，中间得再回家取一次，那就一次装八九个。学校发的书本，一学期都放在教室或者宿舍。放假了，拣有用的字典、没写完的本子夹在被子中间，叠好捆扎在自行车后面带回家，其余再用不上书包。不住校的走读生大多还要用书包，这时的书包买现成的多，手工缝的少见。有的同学赶时兴，提个黄色军挎帆布包，背带又宽又厚，很结实。提黄军挎的人往往走路踮着脚猫着腰，一摇三晃，衣服扣子四个掉了两颗只扣着最下面的一颗，书包里有时装的是书，有时是半截砖头。话不投机，他们手里的书包抡起来就是个合手的武器，提书包的人和挨了书包的人都清楚书包里装的啥。

后来到省城上学，没有了固定的教室，书包也用得少。往往是一本书提在手里去上课，下课了把书本夹在胳膊下面，去食堂吃饭，去逛街，别人还看不出来，装着是个干爽人。有几天，我突然想寻个空闲教室上自习看书，圆鼓鼓的水杯子、砖头厚的字典提在手里实在不方便，就在路边小摊花了十几块钱，买了个大小颜色都不显眼的布书包，也没注意上面是什么图案。回来被舍友嘲弄："不看书的人，买个书包还是时髦的唐老鸭。"书包买回来背了几天，上了几回自习，又不知忘到哪里去了。

早记不起自己有多长时间没背书包了，但今天，我又背了一回书包。包是打球用的一个黑布包，里面装着和母亲一起做的几个又白又暄的馍馍，还有几片黄葱葱的锅盔。包里还有我顺道在书店买的几本书：林语堂的《苏东坡传》，不论作者还是被"传"的人，都是大家；《叶芝诗集》是中英文对照的，想给淡然的生活添点诗味佐料；还有季羡林先生的《听雨》。季老的文章读得多，里面的文章，也许早就读过了，但他朴实的语言风味很合我的胃口。书都被薄薄的塑料皮包着，回家撕开，也许还会有点墨香。

我还是和小时候一样，把书包带子绕过头，斜挎着。包里有书，还有馍馍，塞得鼓鼓的，背着重腾腾的。而我，也有了一丝莫名的兴奋与激动。

我又一次背起书包，走着，走着……

社中那些事

～

（一）我考上了

“碗、土、丝瑞……疼……（one、two、three...ten...）”，我还躺在东坝地头大看西红柿的人字麦草窝棚里念叨下一学期要上的“英国力士”（English），琢磨它们的意思，隐隐忽忽听到堂哥急吼短喊，接着就是扑扑洒洒的脚步：“鸡蛋娃，你们的成绩出来了，在你老师那，你还不赶紧去看？”“鸡蛋娃”是我在小学的外号，因为我爱偷着吃鸡蛋，不管生的熟的。

我赶紧往家跑去，一路上还在思量：我得的奖状炕上的墙都糊满了，我还是学习委员兼副班长，要是我还上不了个初中，那别人就都别指望了。心里想是这样想，还是从家里推出“二八”飞鸽加重自行车，人小够不上大梁，刚学会滑着车子走起来，右腿蹬到车子大梁下的三角叉里半圈半圈地“咯噔咯噔”，来到不到一里路远的王老师家。看了成绩单，语文92分，数学98分，和我预计的差不多。我一直就是语文不如数学好。

早听说初中和小学不一样，首先是报名费不再像小学，学前班五毛，一级比一级多一块，五年级毕业才五块五。初一虽说只加了一个年级，但学费涨到了十七块，上了个层次。其次是学校远了，小学是一个村一个学校，上学就在家门口，初中是一个镇十七个村才一所学校。

寅虎年夏，我小学毕业了，要离家上“社中”了。

～

(二)“社中”不“中”

我要上的“社中”应该叫“镇中”。因为乡镇过去一段时间叫“公社”，农村人一般都是老观念，守旧，懒得改口，公社的中学当然可以简称“社中”。就像我上学前班时，奶奶见我背起书包，打招呼也罢，问候也罢，嘴里就冒出一句：“上学堂去了？”我不知什么是学堂，往往回一句：“是学校，我这是要上学校。”“镇中”也有人叫“上庄中学”，因为它所在地的地皮还是学校西面上庄村的地。不管是社中、镇中还是上庄中学，都指的是官名（全名）叫“彪角镇初级中学”的那所学校。

镇中不在镇上，建在了镇子的最东南——上庄村的东边，再往东就是邻乡的地盘了。为啥把这个中学选到了镇子的最东南边呢？听大人说是镇政府没钱没地，于是有人出主意，说镇实验站旁边的一片旱地长啥啥不行，反正种粮食一年也出不了几斤，不行就建个学校。于是，镇上唯一的中学就建在了这前不着村、后不挨店的荒地上。

我们村在镇子的西北角，从家到学校十五里。假如镇子是个圆，我们去学校走的就是直径；镇子要是扁些是个方盒子，我们走的就是对角线。不管怎么走，都是最长的。步行，七八十分钟；骑自行车，四五十分钟，这是天晴的时候。下雨天，黄土烂泥路就费事费时，且只能步行，差不多两个小时才能到。因此，最是羡慕学校周边几个村的人，人家上中学就像在家门口上小学一样，咋就那么幸福呢！

～

(三)坟地学校

学校离周围几个村庄都远，而周围几个村子的坟地都在学校周围：校门口南面路边的地里是上庄村的坟地，学校北面是沈家坡村、彭家村的坟地，东面操场再往东挨着实验站的是相邻虢王乡杏园村的坟地。只有学校西面是上好的水浇地，挨着上庄村，没埋人。听说学校就是平了谁家坟地而建的。

学校最北边食堂后面的杂草地里有几十个坟堆，操场北头跑道里面也立着三个坟头。听说这些坟头的后人势大厉害，修建学校平坟时人家挡着不让平，坟头就留着了。我们早晨跑操，跑步队伍靠里圈的同学，拐弯时就从三个坟包上跑上跑下，整齐的跑步队伍会变得忽高忽低。体育老师、政教老师看见了就过来呵斥。回家把这当作趣事给大人说起，大人会一边说你们都是娃娃阳气重没事，一边数落说谁家短寿的也不把坟平了让娃娃受作难。

有时早晨刚上课，忽然听到外面马路上哭哭闹闹、吹吹打打地由远而近，压过了讲台上老师的讲课声，这时老师学生都会侧耳听一阵。要是语文课，老师会念叨一句“人又少了一个”；数学课老师会说“这个方程没解了”。待到唢呐声由近而远，能听见讲台上老师说话了，大家该干啥还干啥。课后，透过校门的铁栏杆，能看见地里新起的一包黄土，插满白花花的花圈，很显眼。

～

(四)十七栋房

学校是十七个自然村一起盖的，一个村子一栋房，房子样式都一样，是两面淌水的大房，红砖打地基、做柱子，墙是土墙，一栋房十二间，做教室做宿舍的，每三大间打个隔墙，是一间教室或者一间宿舍。要是当教职工办公室兼宿舍，就在房脊下打上隔墙，再一小间一隔，等于说一间教室能隔六间、一栋房能隔二十四间宿舍。每栋房房山墙上有一块水泥，哪个村建的，就在上面写上哪个村子的名字：散龙村、卧龙村、老营村、朱家凹村……站在自家村子建的那栋房旁边，坐在里面，人都会多出一份归属感、自豪感。

彪角村是个大村，他们村建的房在校门正对面，十二间大房两头拐个弯再盖三间，整栋房半包围样像“山”字，“山”字口对着校门，口里种着一大簇竹子，四季翠绿翠绿的，算学校的一景，每年各班的毕业照都要在这照。镇叫“彪角镇”，村也有个“彪角村”，没有人说得清彪角镇与彪角村有什么不一样。镇上隔一天的集就在彪角村，彪角村的娃娃“溜瓜皮”方便（夏天，西瓜切成一牙一牙卖，人吃完西瓜瓤顺手就把西瓜皮扔在脚下。彪角村的娃娃借着便利的地理优势，每每提个拌笼捡拾瓜皮回家喂猪喂鸡，也有不懂事的看着人家刚扔的瓜皮没啃干净的拾起来偷着啃两口。其他村的就笑话彪角村娃娃是“溜瓜皮”的）。他们见世面多，人灵光，再加上人家村上给学校建的房又比别的村多，彪角村的同学就明显牛气，说话粗声大气，打饭夹塞挤队的、打架闹事的，比例明显多。

~

（五）被窝老鼠

农村老鼠多，处于野地中间的学校里老鼠更是多得厉害。一书包馍馍放在床头、暖在被窝里，一晚上就能让老鼠祸害完，剩下的只有几个馍馍壳壳和一撮馍渣滓，拿刀子削了老鼠牙印，剩下的馍馍还不够吃一顿。主要是那时人才十几岁，晚上睡得死，不知道惊动赶老鼠。再要怪，就怪老鼠太聪明：平平的墙上钉个钉子、插根筷子挂上馍馍褡褡，老鼠常常半夜爬上去，把褡褡和馍馍都啃成洞。人就想不通：“那货是怎么爬上去的？”

到了周末，大多数学生都回去了，宿舍的老鼠格外多，在芦苇编织的仰棚上，在床铺上跑来跑去，互相咬得“吱吱喳喳”，一点都不怕人。人刚睡着，冰凉冰凉的爪子就从脸上掠过，惊得人扑棱打颤，赶紧把头裹进被窝。就算是三十年后的现在想起那冰凉的爪子，还会让人打一激灵。被窝钻老鼠也是常事。一个同学请假一周没来学校，发现墙角叠好的被窝里已然有了一窝七八个光溜溜红扑扑的老鼠崽子。一个同学睡下得早，别人感觉他的脚下被窝里有活物动弹就提醒他，这个胆大的同学连同被子猛地一脚蹬到墙上，“吱啦”一声，一只老鼠跑出了被窝；翻开被角，另一只老鼠血里胡拉死在当场。我有一年睡在墙角，冬天连着几天早晨起来一拉被子，脚下就有一个一尺多长的老鼠顺着墙角爬上仰棚，看来老鼠也怕冷。也亏当时还没兴起养宠物，要不，或许校园有人会把老鼠当灰色的荷兰猪来养，那样的话，学校又会多出一道富有地域特色的人文风景。

～

(六)家当碗筷

洋瓷碗是一个家当。烧制的瓷碗不牢靠，掉地下肯定会碎，更经不起摔打。吃饭不能没碗，上学前专门上街赶集买了个洋（搪）瓷碗，碗是浅蓝，碗沿是深蓝，比家里正常用的要大。二两、四两同样斤两的面，在大碗里看起来少，小碗里看起来多。碗大了，师傅不忍心，还会再添半勺汤，也算占些便宜；碗小了，师傅就是有心多舀点也没法添，就吃了亏。要是碗比别人都大，比如拿个小盆，打饭的师傅在你打饭时就会臊达一句："你咋不把你屋里的锅拔了来?"自己也不好意思。拿个比别人大一点点的，还是碗，也不显眼，还能多打一口汤，谁也不会多言。这和后来有位作家写的一样：下放劳改时没碗，找来了个洋铁皮桶底当饭盆。打饭的人正常打一勺倒在桶底"饭盒"里，连个底底都盖不住，不忍心，就给他再加一点。他窃喜能比别人多打一些汤水。比较麻烦的是，要在吃完饭后及时洗净擦干洋铁桶饭盒，要不就会生锈长斑。虽然作家说的事是在二十世纪六十年代，我上学在八十年代，还是颇有相像之处。作家拿洋铁桶当饭碗，障眼法瞒哄了掌勺的师傅，多打了一点汤水，他是无奈，是为了活命；我拿个大碗，多打了点饭，是为了占点小便宜，形式、效果一样，根源不同。拿什么样的碗做什么样的事，不为过就好。水至清则无鱼，人至察则无徒嘛!

吃饭费碗。大师傅一天两次用铁勺顺着碗刮，还不算自己的磕碰，崭新的洋瓷碗一周下来，碗边的蓝瓷就稀稀落落，好像家里用了十年的老碗。碗也有人偷，总有些人会没碗，免不了顺手牵羊。周末回家取个馍、下晚自习回来，都有可能找不见碗。还有，碗能出气：看着谁不顺眼，可以把他的碗拿起来故意在床头墙角用劲砸磕几下，解恨。碗上的搪瓷一掉，露出了黑铁皮，就是当时不透不漏，用上两三次必然铁锈斑斑，也就吃不成饭了。更甚者把你的碗扔地上，几脚踏扁，扔到房顶、丢到厕所，不见碗的尸骨踪影，让你纯粹没想头。碗不见了，这周吃饭就只有等同村同班的人吃完，再借碗打饭。没碗也能吃上饭，就是费些口舌，还得饭前饭后洗两次碗。一学期下来，费事的人能用三五个洋瓷碗。

吃饭要用筷子，两根竹棍棍丢了是常事。新生、性格刚扭的拿的筷子是两支，竹筷子头子环着削个沟，两支筷子用线绳绑在一起，别人吃饭也就不好借。而一支筷子吃饭的人是大多数。一支钢笔也能当筷子捞面吃，就是弄不好面里会染上蓝墨水。实在借不到筷子，就先喝汤，嘴靠在碗边能吞几根面算几根，最后剩的面实在啃不上舔不上，只恨自己的舌头不像牛舌头那样能伸出口外老长，能舔着鼻圈卷着青草。没法了，寻个背人处直接上手，反正剩下的面是干的，没了汤水三两下就能送到嘴里。

对碗筷这唯一的家当可靠些的做法，就是白天起了床就把碗筷鼓囊囊地装进布袋书包，带到教室，放到课桌书仓。吃完了饭原放回教室，晚上回宿舍时再背到宿舍，这就保险了。碗筷放到教室的，可以赶在快下课前几分钟就把手伸到书仓摸好碗筷，等老师一下课就冲出教室，排到打饭队伍前面吃个热乎饭。要是赶上老师喋喋不休地拖堂，胆大的就会故意把书仓里的碗筷撞翻，“嘀哩哐啷”地提醒。再不，就用筷子敲碗，当是敲下课铃。

∾

（七）早晚吃面

学校食堂的主食是面条，早上、晚上都吃。面是机器压成麦秆粗细、剁成一拃长的节节面，不怕煮，也方便用勺子舀到碗里，不会有黏黏扯扯。汤面里也下菜，菜和面一起煮到锅里。什么时令什么菜：春天是剁成一寸长起了薹的芹菜、菠菜，夏秋是甘蓝、白菜，冬天是白萝卜。大师傅切菜，就好像给后院的猪啊鸡啊剁食，双刀起舞，案板上一阵乱剁，有丝、有条、有块，什么样子的都有，真是能干。所有的菜揽到给牛添料的粗眼筛子里，等面烧开了，倒进锅里再烧开一次，面和菜就都好了。下面、盛面的锅都是顶大号，比杀猪锅还大。下好面，连汤带水倒进窗口的铁锅，调上盐醋和用开水或面汤烫熟的辣椒面。大师傅靠着窗口锅沿一边站一个，一勺稠些一勺稀些，铁勺顺着碗边一刮，干净利落，舀一碗饭不到两秒钟。

卖不完剩下的面食堂不会倒掉，倒了可惜、浪费；迷信的人说倒饭的人还要遭罪。为了保证剩饭不馊，大师傅往往会往剩饭里加很多盐。晚上剩的会掺到早晨的大锅里，和新做的混在一起。要是早晨剩了，那吃晚饭早的人就算倒霉，因为吃晚饭的人少，师傅会先卖剩饭，再看人多人少决定做还是不做新鲜的晚饭。要是打的全是剩饭，面酥涨了，不打饭的就在旁边说："你端的是啥？咋像老汉吐的？"面里盐多得发苦，忍着匆匆捞几口，赶紧到凉水龙头上边洗碗边漱口。有同学舍不得倒掉剩面，又咸得实在没法下口，就拿着筷子把原来的饭汤滗着倒了，再到水龙头上直接冲上凉水，一碗面也就下肚了。

大片面和唇齿接触面大，吃着过瘾，有同学说吃起来像亲嘴的感觉。做饭的大师傅心情好了，一周会做一次大片面。但是大片面要是抖不开，三五片容易成沓页，一口咬开，中间还是白森森的干面，口粗些还能囫囵吞下去，口细些捡出沓页面扔掉，碗里四两面就会变成二两。旁边有人戏谑："碗里你都能吃出'他爷（沓页）'，运气好啊！你就别指望能吃出'她婆'了。"

汤面始终有，就是一大锅面，前面的人吃的面是硬的筋道的，后面的人吃的往往会酥一些。不过也说不准，要是原来准备的两大锅面不够，排队的人还多，大师傅也会重新再下半簸箕面，往往这时人少，快快地连吃两碗面也是筋道的。再去晚的人，偶尔还能赶上教职工灶剩下的几碗。师生有别，教工灶的面味道就是好，盐醋调和合口，还有油泼辣子。但这不是常事，像头上的疙瘩，要碰。

后来发现好像不论迟早都能吃上面。再以后慢慢知道，下课半个小时后再去食堂，不排队也能吃上饭；偶尔一次吃不上，多吃个馍也没见把谁饿出病。

～

（八）午饭菜馍

中午一般是馍和菜。炒菜连煮带炒，有点像烹饪里面的烧，一锅一个菜没挑没捡。吃的什么菜早忘了，想来就是洋芋、白菜为多。只记得在每年的九月刚开学时候，中午是西红柿炒洋芋，洋芋是块，大些的切成了两瓣四瓣，极个别还是整个的，像当年鸡下的头一批鸡蛋大小；西红柿也是块，有红的也有绿的，有两瓣的也有四瓣的。半碗菜吃起来酸酸麻麻的，酸是西红柿，麻就不知道是西红柿还是洋芋了。周末回家，大人说，这最后提蔓的绿西红柿和绿洋芋不能吃，吃了会中毒。大人的话记得牢牢的。那下一次就先看别人的碗里，要还是西红柿洋芋块，就不用买菜吃了。凉水就馍，不要钱，也是一顿饭，还能给家里省了钱。万一为了一口菜中了毒，谁难受谁自己知道。

中午的馍是现蒸的，碗大的四两一个，热腾腾黄棱棱，暄暄的一股碱味，比家里拿来的凉馍好吃，就是不耐饱：这个四两可能只顶家里的二两，而且放冷了硬邦邦的一点没面香味。灶上有时下午了连中午的剩馍也卖不完，第二天早晨就会把面做稀一些，把剩馍扳成块块泡到面里，也不浪费。口粗的吃着倒也习惯了，就是有些口细的，会尝几口连面一起倒了。我现在在家里吃汤面时，要是有剩下的干馍馍，还喜好泡在碗里，追根溯源，这就是那时养成的习惯。

学校灶上的热馍也不常吃，一般吃的是星期天上学时带的家里做的馍。天热馍会发馊，五六月、九十月天热，一周中间星期三下午得请两节课的假回家取趟馍，一次带八九个。要是天冷，馍一周不发馊扯丝，一次就带十七个，这是死数。烙得半拃厚的锅盔，切成片也是数着拿。天突然变热，一周里后两天的馍发霉扯一点丝也正常，吃了肚子疼一阵多跑一次厕所就好了。天冷，挂在墙上的馍冻成了石头疙瘩，先把打来的热面捞着干的吃了，趁热把馍泡进去，等会儿就能吃；或者暖在怀里等冻消了再吃，这时间要等得长些；直接用牙啃着，冰冷渗牙，对胃不好。要是拿的馍是玉米面发糕，发得暄，里面加了糖精、白糖，冻了连冰碴含到嘴里，和多少年后吃的雪糕味道很相似。

男生饭量大，宿舍里的馍馍放不住，老有人趁别人不在吃人家的馍。女生宿舍人多，老鼠少些，再说女生比男生腼腆，顾及脸皮，没人乱拿别人的馍。我的馍馍先后在小英姐、海云姐、福平姑的宿舍里都放过，中午、晚上吃饭时过去取一个，一碗面、一个馍馍一顿饭。后来，良良哥调进了学校当老师，他宿舍墙上便多了一排钉子，我们家族里三五个上学的再也不怕馍馍丢了，冬天还能在他的蜂窝煤炉子上烤上热馍馍吃，很享福。

~

（九）打饭排队

打饭要排队，但挤队加塞也是常事。个子高力气大的正面进攻，直接用肩膀夯；个子小的也有机会，瞅打好饭的人端着碗刚从窗口转过身，赶着点从人家的胳肢窝下弯腰低头再直身，人就到了窗口前。挤队时最容易出事：伸进去的是新蓝碗，端到手里的是旧黄碗，骂仗吵架大打出手者多的是。挤来挤去，一碗面被挤得倒出来，洒在手上胳膊上衣服上是轻的，面挂到肩膀不要从头顶领豁浇下来就算幸运。碗被挤成葫芦，一碗面剩下半碗，还飘着一层搪瓷，捡出大块的，再搅一搅，碎搪瓷片会沉淀到碗底，不影响吃上层的面条。

打饭插队常有。来迟了本身排在后面的，先是和前面不远的熟人拿话说好，人家允许了，再趁看队的老师眼神不注意自己这里时，轻步蹑手，快速地顺着队伍赶上去，越过三五个人，站到熟人的前面。要是顺风顺水，两三次就能从二三十人的队末梢赶到前面。还有一种，是站在队伍前头些的出饭口，趁看队的老师不注意，两大步把自己的碗扔到熟人伸出来的一摞碗里。队里排队端碗的手里一顶子能有十几个碗，然后等在出饭窗口旁边，由两个人负责伸手把饭传出。更有甚者，人旋在打饭窗口旁边把碗夹在腋下衣服里，趁看队的老师偏头看不见，两大步赶到打饭窗口直接交票打饭，那是高手。

因为学生插队闹事不老实，学校会安排政教、总务上的老师专门看队。记得总务上有一个光头老汉看队看得好。他把旱烟锅子咬在嘴里，远远地往水泥乒乓球案子上一蹴，吆喝着来一个排一个，打饭窗口走一个从台阶下上一个，窗口始终保持一个人；一个人只能拿一个两个碗排队。烟锅含在嘴里不时嘟囔几句："窗口那个穿蓝布衫的娃，你急着吃热乎呢!(农村有粗话：狗急着吃热屎，人还没拉下呢!）中间那个穿灰布衫端三个碗的小伙，你有三只手还是你不识数（三只手可以指代贼)?"人活脸树活皮，排队的学生都识字不傻，还要皮脸呢！不能为了一碗饭把脸扒下装在裤兜里。老汉三言两句把人臊得谁也不好意思插队，秩序井然，队排得老长，打折转弯也不乱。个子小、老实排队的我，最喜欢光头老汉看队。

∾

(十)打水洗脸

天暖和，水龙头上有水，洗脸好说。龙头下，手掬着水泼在脸上，用手拨拉两三下，低头撩起衣角，或者直接用袖子左右两下，就能解决洗脸擦脸的问题。

天上了冻，水龙头被冻住了，要是早到的哪个善人用麦草烧开了龙头流出来水，哪怕水冰冷刺骨，撩到脸上变成了薄冰碴，光一光也算洗了脸。瞅着给老师烧开水的师傅不在，溜进开水房偷出来一碗温水，两三个人互相倒在手上再泼到脸上，润个眼目，当然更是温和舒坦。

天数了九，学校好像允许每个宿舍早上拿脸盆打一盆热水，于是住校生轮流值日打水，起来得迟的发现剩下的半盆水早和外面的凉水一样的温度，还不如凉水：前面十几个人洗了，水已经和家里的洗锅水一个颜色了。想想俗话"漕水里能淘旦娃"，也就不在乎什么了。一周一次值日打水的那天，在旁人的催促谩骂下爬出暖了一晚上刚暖热的被窝，打一盆热水，自己第一个洗，水热又干净，最能洗个爽快。

住校生与跑校生（家在学校附近，吃饭睡觉跑回家的）洗脸就不一样，区别也就写在了脸上。住校生一般是从耳根到脖子项圈的黑底上，画出稍白一些的两个眼窝和两个脸蛋。跑校生偶尔脸上有了锅墨、粘了泥水涂了彩，人家像唱戏的，先搭的是白粉底，再往上涂的是色彩，红忠、黑直、粉奸、金神，忠奸美丑，一眼分明。

~

（十一）有点伤病

天热了，偶尔吃了发霉扯丝的馍馍，会拉几回稀，肚子疼一阵、腿发酥，一半天就好了，不算啥病。天冷了，那些血脉流得不快、一年四季手脚冰凉的同学就会得冻疮。天刚转冷上冻，棉袄还没上身，他们这些人从手背、小手指、脚小趾开始就有征兆了。先是发红、发痒，搓一搓挠一挠皮肤就溃烂，流黄水、结黑痂，这片刚好旁边又烂，整个冬天都不会好，直到过完年天热脱了棉袄。治冻疮有很多土方法，比如赶在上冻之前戴上袖筒（相当于现在的护腕，比护腕要宽要长，家人用布和棉花做成，平常能护住手腕手背，两手一抄就能护住整个手），尽量不让手露在外面，冻疮就轻一些。逮个麻雀，活着掏了内脏，把热乎乎的麻雀身体肉壳敷在冻疮上；谁家杀猪，等着脖子刀口上的血流完了，赶紧把双手伸进去暖暖……这些方法都能治，不知道得了冻疮的人治了没。但冻疮好像有记忆，今年犯了的人，明年还是这些人，还犯在同样的地方。这些人整个冬天都受罪，不好过。

上社中，嘴角烂的同学比较多。在烂的地方抹上红霉素软膏，油乎乎的，像嘴没擦干净。还可以用其他白的黄的药膏，抹上就像唱戏的花脸。不在学校住的跑校生可以用家里的偏方，比如说找白公鸡的白稀粪、乌母鸡的黑壳粪，抹上也会起作用。烂嘴不影响吃喝，不算病。大人说是年轻人内火大，发出来的。问村医疗站的赤脚大夫，说可能是身体缺维生素。我们尽管上过了植物、动物课，知道单子叶多子叶、门纲目科属种，但还不太清楚维生素 ABCD 和平常不吃菜不见荤腥有多大关系。我从上社中开始落下来一个毛病：嘴周围一直烂，嘴唇隔个把月会起泡，连带着下巴周围，水泡、黄痂没断过。上班几年后还有同学问：“你的烂嘴现在好了没?”

脸洗不彻底，或者一天只洗一次，好像容易得烂眼、红眼病，学名叫角膜炎。像我这样的住校生，一学期差不多都会有一两次红眼病发作。患病的眼睛满是红丝，肿得老高，发痒疼痛，恨不得挖出来。上课时看不清黑板上的字，得捂着烂眼，用另一只稍好的眼看。红眼病不吃药，一两周差不多也就自然好了；要想好得快，得花钱吃点消炎药，屁股上打几支青霉素。校医要是抽一针管蒸馏水涮一涮打完青霉素针的药瓶，再用这水冲一冲洗一洗眼睛，会好得更快些。

红眼病容易传染，同桌之间要留出空隙，同学之间不能多说话，不能互相对着眼盯着看，不能借别人的碗吃饭，周末回家不能和家人同用一条洗脸毛巾，要不别人都会惹得红眼病。得了红眼病的人，同学邻舍会问候：“你红了眼，是想钱了，还是想那个谁谁谁了?”

通渭人家的讲究

~

友人说：“通渭山大沟深，要是夏天，梯田连片，满山绿油油的，养眼；现在寒冬腊月的，冷飕飕干巴巴，除了黄土还是黄土，能看啥？”

我说：“你知道全国能有几个书画之乡？通渭就是其一。再说，我喜好不遮拦的。夏天，草木遮遮掩掩下的黄土让人心里不亮堂。我要看就看的是实实在在的黄土地，书画浓香的通渭人家。”

友人说：“也好，黄土沟里的通渭人家，书画可是家家有，不是什么稀罕物，都是些‘穷讲究’，保证让你开眼长见识。”

~

一

进入通渭界盘，路两边尽是北方常见的杨树、柳树、洋槐树等落叶乔木。树枝光秃秃的，黄灰褐的山赤裸着，山上梯田一圈一圈，地里的庄稼收拾得干干净净，没有一丁点绿。山沟里半山腰是零星人家的庄院，这就是通渭人家。

下了封闭但双向行驶的所谓“高速公路”，出了收费站，就到了县城中心。路边的楼房一下子多了、高了，感觉人是骤然冒出来的，熙熙攘攘。车缓缓走着，无意间发现马路人行道上穿梭的人流绕起了弯，吸引人眼球的是一头三四百斤的大白猪。它不懂规则地在人行道上左摇右晃，窜东窜西，炫耀着美体肥臀，全然不顾穿梭的人流、吆喝它的两个男人，还有代表秩序的红绿灯。此景惹得同车人忍俊不禁，也让人羡慕起那自由的猪公或猪婆。

县城仅仅是歇脚处，真正的家在黄土深处。天已尽黑，透过车顶天窗，头顶黑黢黢的天空满满的都是星星，从来没有过的近，从来没有过的多，从来没有过的亮。就是西部小城也没有见过，用“繁星闪闪”来形容一点不为过。繁星勾引得人想“扬手摘（星辰）”。

六十里的路，已经走了一个半小时，我们的车还在山梁上左拐右拐、上坡下坎。车的前后左右、梁上沟里，庄户人家的灯光点点闪烁。友人说：“不远了，绕过这个山头，转过弯，下了那个斜坡坡，到了沟底，就是我们家了。”两个香豆面饼子又下了肚，约莫一锅烟的功夫，才看见前面又有光亮，一闪一闪。友人说：“到了，那是老父亲打着手电等咱哩。”车缓缓地停在小树林里一片高些的空地上，手电跟了过来。寒暄问好过后，父子聊着：“你们说出城了，我就出来看，大概有一个时辰了。”“你老不放心啥？零下十来度这么冷的天，咱开的是自己的新车，怕啥？”“怕是不怕，就是咱这路车不好走，出来看看。”

远方来人了，不能坐在炕上等着，要出门迎客，哪怕是自己的亲儿子。还没进门，我们就见识了通渭人的迎客“讲究”。

∾

二

提着自己的随身小包，踏着亲切软绵的黄土，深一脚浅一脚爬坡回家。通向山腰家里的斜坡不到百步，三十度的斜坡才走到一半，人已有点气粗。老人说：“你们是劳累了一天，人累了，再说也不习惯走这山路。就到了，抬眼就到了。”

进门，洗手净脸。问：“茶喝着哩吧？喝着哩。那就熬上。”

茶是罐罐茶。熬罐罐茶是甘肃定西及周边人的一种习俗，通渭当然也盛行。以前的罐子是瓦罐，容易打碎；后来是小铁罐，吃完的铁皮罐头盒、用得掉了把子的搪瓷缸子用铁丝拧个把把就是罐罐。不管瓦的铁的，罐罐烟熏火燎，人看到的都是黑乎乎的。外人一提到罐罐茶就联想到黑罐罐，感觉不卫生。如今，不管是乡下还是城里，罐罐都变成了干净明亮的钢化玻璃罐罐，看着心里豁亮。喝罐罐茶时，罐罐里倒上水先烧，炉边烤上枣，等到罐罐里的水开了以后，再放茶叶和烤得焦煳的枣，以及捏破壳的桂圆。爱喝甜的人，在杯子里放上冰糖。水烧开，罐罐茶就好了。三五个人喝，一罐茶一人能分一口。然后再往罐罐里续水，继续熬，边熬边喝。如此四五遍，茶叶没了味，重新续茶、添水。喝茶时，一般还要有馍馍油饼之类吃食下茶。冬日人闲，火炉边嚼一口烤得焦黄的馍馍，吸一口甘苦酽实的烫茶，受用至极，赛过神仙。罐罐茶一般是年纪大的人享用的；要是人年纪太小就熬着喝茶，要招致别人笑话。乡里人讥讽不知道干活、光知道享用的年轻人叫“罐罐客”。关于罐罐茶，有诗写得好：“漆黑的铁罐\在驴粪蛋燃烧的火焰中\被烟与气包围\茶香　粪臭\其间只有一层薄薄的铁壁\两个截然的世界\演绎一段和谐的生活。”

围炉而坐，炉火“呼呼”地扯叫着，下车几分钟里沾惹的户外寒气一下子就散尽了，人从里到外暖暖的。明亮亮鹅蛋大的钢化玻璃罐罐坐在通红的炉盘上，转眼水就滚了。丢进去三两个炉盘上烤焦的红枣，还有桂圆、葡萄干，下茶。茶是花茶，碎末茶叶里和着金银花、竹叶和其他说不上的花花草草。茶开了，一人盛一口，酽酽烫烫的茶汁汤冒着热气，看不清颜色，和着杯子里的大块冰糖，含在嘴里，左倒右倒，甘甜、酽苦，说不清道不明，无以言表。就着自家胡麻油炸的黄葱葱的油果子油饼，心里一下子就舒坦松活了。

通渭人和人见面不是问候吃了没，而是问候喝了没。一天不吃饭能行，一顿少了罐罐茶不行，这是“讲究”。

进了县城，不管事急事缓早晚时间，也是先找地方喝茶。友人表弟在大街上开着化妆品店，进到里面套间，喝茶的家伙齐全。人一进门，电炉子就熬上了罐罐茶。友人的表弟因为年轻时得过一次大病，病好后近十几年学习钻研起了《周易》，研究经典案例，从卦象生辰给人说出个三五也不容易。他把接满熬茶用的矿泉水瓶瓶端到鼻子尖嗅了又嗅，说："前段时间刚通上洮河水，水好得很，水甜茶香。这段时间好像水不行了。"通渭极度干旱缺水，靠天吃饭，吃雨水、吃窖水、吃苦水是常事，县城的自来水也比不上外面的，能吃一口好水就是人的口福。通渭人喝上洮河水，是几辈人的期盼，我们有幸也在县城喝上了洮河水。

∾

三

喝口茶润润喉，接着上饭。红黑漆盘端上的首先是醋碟、油泼辣子、咸菜盘，盘里三双六支筷子不多一根不少半支。再上来是臊子面，还是盘端盘送。臊子面多半碗，不像河西的老是高尖尖的还泼汤洒水。黄黄的鸡汤面上，和着撕好的鸡肉块、油黄的炒鸡蛋、白豆腐、黑木耳、黄花菜，涎水连咽，连干三碗，不怕见笑，实实在在过了瘾。臊子面吃毕收拾完，摆上炕桌，又端上韭菜粉条炒肉、凉拌野菜，这是下酒菜。罐罐茶重新熬上，茶水"滋滋"响着，炉火"呼呼"扯着，满屋淡淡的雾气。盘腿热炕上，喧谎谈天，找寻故乡的记忆。

热腾腾油黄油黄的发面油饼就着罐罐茶，是早点。大盘柴鸡、鸡蛋粉条炒肉、白面花卷、绿荞面棒棒是午饭。独特的饮食习惯，显现着通渭人家在日常生活上的"讲究"。

∾

四

上房进门右手盘着土炕，炕沿立着刻有"鹤寿延年"的木炕围。屋门正对着的是三尺三的梨木方供桌，方桌后五尺长一尺宽的条案上方正堂上挂的是中堂，一幅一丈高三尺宽的大红缎子，核桃大的颜楷工工整整。两旁衬着蓝底条幅"勤俭治家永示儿孙承家训，宽仁接物长留典范著乡评"，金字熠熠生辉。左手还有一幅字画，中间一轴《陋室铭》，条幅书"重帘不卷留香久，古砚微凹聚墨多”，白纸黑字，素雅庄重。

老人说：“那红缎子上有五百字呢，记着我们家族的事，是我的老母亲去世三周年时，请乡上的一位老秀才书写的。三十年了，当时只给了人家四十元，还没有一个工人一个月的工资多。现在写这样工整楷书的人没了……写这些的人都不是什么名人，但德行都好，这是第一！字写得工整，也就是个糊墙的。”话说得谦虚，却满是庄稼人的实在。

夜晚，忍不住想看中堂上的字。老屋灯光不够明亮，还反着光，一边催促着朋友明日去买个亮亮的节能灯，一边披衣，拿手电照着辨认诵读。五百字的家族记载，两个汉语言专业毕业十几年的教书匠读得磕磕绊绊，字里行间的言情表意更使人汗颜、唏嘘。

通渭人家有壁间挂字画的传统，家家有中堂、联匾或者四条屏，这是通渭作为全国书画之乡独有的精神“讲究”。

第二天，专门去县城刚建好的书画城。书画家工作室周末开门的少，楼里静静的，书画家或写或画或闲坐，几个闲人商贾游走观瞻。内行人说，省城乃至全国书画市场的行情都要看通渭，以致有书画界的“通渭现象”一说。

∾

五

天明才看清院里院外的布置：整个庄院“四合院式”，南西北三面建房，院落住房大众化，也算通渭民居的代表。庭房面南背北，是软三间“四檩四噙口三挂”的浅檐房。檩、椽都是刨子刮光上了清漆亮油的，檐口亮出来的两条松木檩条有水桶粗，显示出主人的富裕殷实。檩条头三尺左右两边斫成扁平样的，不同于中原瓦房。窗框是木条二十五眼方格窗。山墙是黄土和的麦草皮，十多年了没个豁口没个手印，棱棱角角，墙头的淡淡的雨痕清清楚楚。山墙头上镶有刻着“壽”字的青砖，屋顶覆青瓦，座脊筒瓦扣带，带端“猫头”瓦当，瓦沟前端是三角状“滴水”图案。紧挨着庭房建有小三间厢房，五间厦房，三间偏房，建制和庭房相当，但都比庭房低，且高低一座不同一座，错落有致。

庄院外是“外落城”，牛棚鸡窝狗洞驴马圈一圆圈，靠墙靠圈一处处垒着烧锅烧炉子的玉米芯、硬柴，根根齐齐整整。靠东边空着的驴马圈檐下挂着一架阴干旱烟，挨着的地下有一片雪没有打扫，也没有消融。湿润的墙根苔藓斑斑，在冬日的黄土院里映着生机。整个外落城收拾得干干净净，没一点杂物乱放。通人性有灵性的小狗冲人摇着尾巴转圈讨好，一声不吠，间或一声牛哞两声鸡鸣和人打招呼。中间空地晾晒着煨炕的牛粪散发着浓浓的乡味。出了外落城，对面是打麦场，麦草、玉米秆、苜蓿草，铡好的牲口草料分门别类，一处是一处，大山小山的样子，看得出近年来是风调雨顺、廪实仓满。场边一口半间房大的废弃砖瓦窑，一捆捆玉米秆虚虚地堆在窑口，里面存放的是农具。家禽家畜、农具都在庄院外敞着，没有遮拦，很能显示当地民风之淳朴。

院落布局、住房构造，通渭人都有“讲究”。

六

“通渭温泉甲天下”的广告牌在兰州走通渭的高速路边多次出现。通渭温泉在县城西南十五里的山涧处。

等进了洗浴间，才感觉到什么是冰火两重天。房间温度同于外面冬日天地，但供人洗浴的温泉水却烫得一般人进不了水池。当地朋友后来说，通渭温泉水含硫化物比较多，能治病，洗浴时也不易传染病，而且洗完一次，人的皮肤绵软，能保持一周。十天八天不泡一次，心里就不自在。泡温泉是现代通渭城里人的又一新兴“讲究”。

饭桌上，少不得把本地的书画、人文夸赞几番。羡慕奉承是出自真心，也溢于言表。高抬在坐搞书画的几位同学，少不了多敬几杯，还没等我求画求字，对方已经表态：“要是看得上拙作，带上几幅没麻达。”第二天酒醒，思量圆桌上的醉话，能算数么？哪想两位书画家加班加点，打电话说要奉送大作。看来酒桌风气并没有墨染通渭人的高洁，暗愧自己的小人之心。后来书画家又赶书横幅相送，情真意切，使人心底里热乎。

～

七

县城同学欢聚，一桌十几个人喝酒聊天。席间起身，以外地人身份给各位新识文化友人敬酒。女士优先，首先敬不喝白酒是家属也是同学的三位女性。这一平常举动，招致桌上所有男士起哄："言说东边西府人有礼节，看把我们女人们抬承得多高！我们咋就记不起给女人敬酒呢！"

也是，细想这几日在朋友家都是朋友端饭上桌，朋友古稀年龄的母亲做饭四五顿，多次招呼一起吃饭，她老人多次借口做饭推辞，从不见上桌。想起一篇小说写给老母亲摆桌过寿，亲戚来了一大堆，等到饭上桌，并没有人招呼老母亲上桌，老人百般滋味地还是回到灶间吃饭。前几年当地小伙娶了外地媳妇回老家，新媳妇要表现，辛苦帮忙做饭，到吃饭时还是让年长者打发到灶房，免不了着气、闹矛盾。还听说婆婆教训媳妇："你不在厨房待着，难道来了人你去喝茶招呼？"近年来，这样的事听说得少了，但男尊女卑的传统还在通渭这文化底蕴深厚的乡间、城里遗存，烙印在每个人的心底，不论是男人还是女人。

男主外女主内，只能说是男女自然身体差异造成的分工不同。以此而形成男尊女卑、女人不能上席桌的"讲究"，这个理有点偏。

通渭地处西北，山大沟深，土地贫瘠，十年九旱，人口稠密，确实够得上"穷"。但厚实的黄土地，养育得通渭儿女淳朴、真诚。生活中里里外外的"讲究"，透着通渭人对生活的热爱。"礼失求诸野"，正是这些"讲究"，孕育着文化，传承着文明。

2015 年 2 月 9 日至 13 日，应友人之邀，到其老家通渭游玩，3 月补记印象。

后记

每逢佳节倍思亲。

年逾不惑，常常会莫名地想起西府老家的味道：一碗酸辣臊子面、一碗醋蒜汁煎搅团。这些美味一下肚，心里就会熨帖安稳些。于是，忍不住凑七凑八，摆了这些乱码。就像懒婆娘突然发了个宏愿，做了一顿手擀面，面的光堂薄厚暂且不说，就是下到锅里捞不到碗里，捞到碗里挑不到嘴里，又酥又烂，更别说想吃个筋道咂摸出什么味了！但面慈心善的婆婆却从这一张烂面看到了可教性。到底能不能调教成材，还要看造化。

我出生于关中西府的凤翔县，在那里生活了二十年。上完大学来到酒泉教书，又快二十年了。但对于生我养我的黄土地，一直有着特殊的感情。回味乡村生活，叙说家乡的人物、风情、民俗，或实名实姓，或添油加醋，不论怎么说，都是我不自觉的怀念和感叹。写出来，也算是一种纪念吧！《那双小脚》是写外婆的，还有写其他人的。这些土腥味很重的文字，何尝不是一些颤颤巍巍、战战兢兢的小脚文字。

这些文字能出版成书，得到了诸多师长、朋友的鼓励和帮助，还有重庆大学出版社的大力支持。在此表示诚挚的感谢！

文中错漏之处希望读者朋友能提出宝贵的意见和建议。

徐军新

2017年5月11日

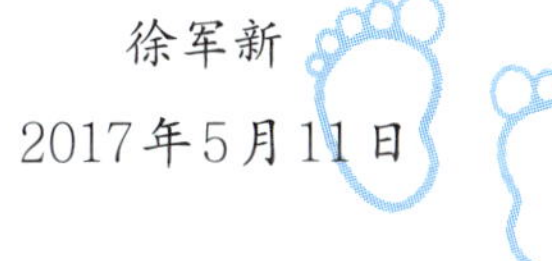